O torcicologologista, Excelência

O torcico-logologista, Excelência

Gonçalo M. Tavares

3ª impressão

Porto Alegre 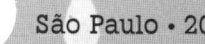 São Paulo • 2022

COLEÇÃO GIRA

A língua portuguesa não é uma pátria, é um universo que guarda as mais variadas expressões. E foi para reunir esses modos de usar e criar através do português que surgiu a Coleção Gira, dedicada às escritas contemporâneas em nosso idioma em terras não brasileiras.

CURADORIA DE REGINALDO PUJOL FILHO

DE GONÇALO M. TAVARES

Short movies

Animalescos

O torcicologologista, Excelência

A Mulher-Sem-Cabeça e o Homem-do-Mau-Olhado

Cinco meninos, cinco ratos

Atlas do corpo e da imaginação

Edição apoiada pela Direção-Geral do Livro,
dos Arquivos e das Bibliotecas / Portugal

9	1. DIÁLOGOS
11	SOBRE A REVOLUÇÃO
14	SOBRE A REVOLUÇÃO — GINÁSTICA INDIVIDUAL E COLETIVA
17	O TREINO VIOLENTO PARA UMA REVOLUÇÃO DEMOCRÁTICA E OCIDENTAL
21	COMO SE FAZ UMA REVOLUÇÃO. SOBRE O ARTESANATO EXPLOSIVO
25	O DINHEIRO COMO MATÉRIA-PRIMA
28	SOBRE UM PORMENOR DAS ÉPOCAS FESTIVAS — A GULA
31	SOBRE O EQUILÍBRIO NO TEMPO E NO ESPAÇO
34	COSTAS, NUCA, CALCANHARES E OLHOS
37	A CORAJOSA DESORIENTAÇÃO DE UM OU OUTRO HERÓI
41	UM, DOIS PÉS: O CRONÓMETRO NÃO FUNCIONA
45	SOBRE O NOVO HOMEM QUE A CIDADE INVENTOU
49	O PESO E A BELEZA
52	CONVERSA ENTRE DOIS HOMENS CORAJOSOS
56	SOBRE A GEOMETRIA, A LINHA RETA E OS LABIRINTOS
59	DIREITO, ESQUERDO E ALGUMAS DEFINIÇÕES
63	COMO ELIMINAR IDEIAS NUM SÉCULO TÃO LIMPINHO? — EIS A QUESTÃO
67	À BEIRA DE UMA REFLEXÃO SOBRE O ESSENCIAL
71	OS PROFETAS E A FRASE ESSENCIAL
75	DUAS IDEIAS: PRIMEIRO, UMA; DEPOIS, A OUTRA
79	DIÁLOGO SOBRE IDEIAS, METROS QUADRADOS E PLANEAMENTO
83	OS MAPAS CERTOS E AS CIDADES ERRADAS — E VICE-VERSA
86	UMA DOR LEVE, UM PENSAMENTO PROFUNDO
89	DEDOS QUE SE ORIENTAM, OBJETOS QUE CRESCEM

93	—	SOBRE A UTILIDADE DA VISÃO
96	—	COMO ESCUTAR O BEM, COMO DETECTAR O MAL
100	—	O BEM, O MAL E A IMPORTÂNCIA DA BELEZA
104	—	ENTRAR, SAIR; SAIR, ENTRAR — CONTAR O TEMPO
109	—	COMO RELATAR UMA EXPERIÊNCIA DOLOROSA
113	—	AMOR E MORTE, A IMPOSSIBILIDADE DE TRANSMISSÃO POR VIA AÉREA
117	—	OS JOGOS OLÍMPICOS DA NATUREZA
121	—	A AMIZADE COMO ATIVIDADE ATLÉTICA
124	—	O PROFUNDO PENSAMENTO DO SONO — O CROCODILO
127	—	PROFUNDO PENSAMENTO DO SONO — DE NOVO O CROCODILO!
130	—	A HIERARQUIA DOS ELEMENTOS DA NATUREZA — E OS BANHOS
134	—	O PROJETO PARA UMA NOVA AGRICULTURA
137	—	SOBRE UNS VERSOS E AS FORMAS DE ESTUDAR O MUNDO
141	—	O ATRASO DO CAMPO
145	—	SOBRE O PENSAMENTO E O BATER NA CABEÇA
147	—	SOBRE OS SALTOS E OUTRAS FORMAS DE PERDER TEMPO
152	—	SOBRE AS DANÇAS DE DIVERSOS ANIMAIS — UMA TEORIA
156	—	NADA NÃO É BEM ASSIM, POR EXEMPLO OS ANIMAIS
160	—	SALVAÇÃO E COMIDA PARA O CANÁRIO
164	—	ERA O QUE EU DIZIA A VOSSA EXCELÊNCIA
166	—	DOIS OLHOS, DOIS PÉS
169	—	SOBRE O FACTO DE EINSTEIN NÃO SABER NADAR
173	—	SOBRE A IMPORTÂNCIA DO DESENHO
176	—	PÉ, CABEÇA, FOME, ABDOME

178	——	ACIDENTE E TÉDIO
180	——	CORRER, FEALDADE E MORTALIDADE
183	——	O ROSTO DE VOSSA EXCELÊNCIA E O ETC. DAS COISAS
187	——	SOBRE O C, EXCELÊNCIA
191	——	UMA FORMA FÁCIL DE CHEGAR À SANTIDADE
195	——	INSTRUÇÕES PARA O COMEÇO DE UM DIÁLOGO
198	——	BELEZA E FEALDADE, ARGUMENTOS E CONCLUSÕES
201	——	DAR VELHOS MUNDOS AO MUNDO E DIÁLOGO SOBRE O APROFUNDAR
204	——	CRENÇA E TECNOLOGIA
208	——	BAIONETAS E OUTROS ASSUNTOS
210	——	OS DOIS GÉNEROS HUMANOS
212	——	SOBRE A MODA
216	——	DANÇAR, CANTAR E ESTAR PARADO
220	——	A DÉCADA CERTA: LINGUAGEM EXATA
224	——	QUERER E NÃO QUERER, E O TIRO
228	——	A LISTA
231	——	UMA FORMA BELA DE NÃO ABRIR UMA CLAREIRA
235	——	**2. CIDADE**

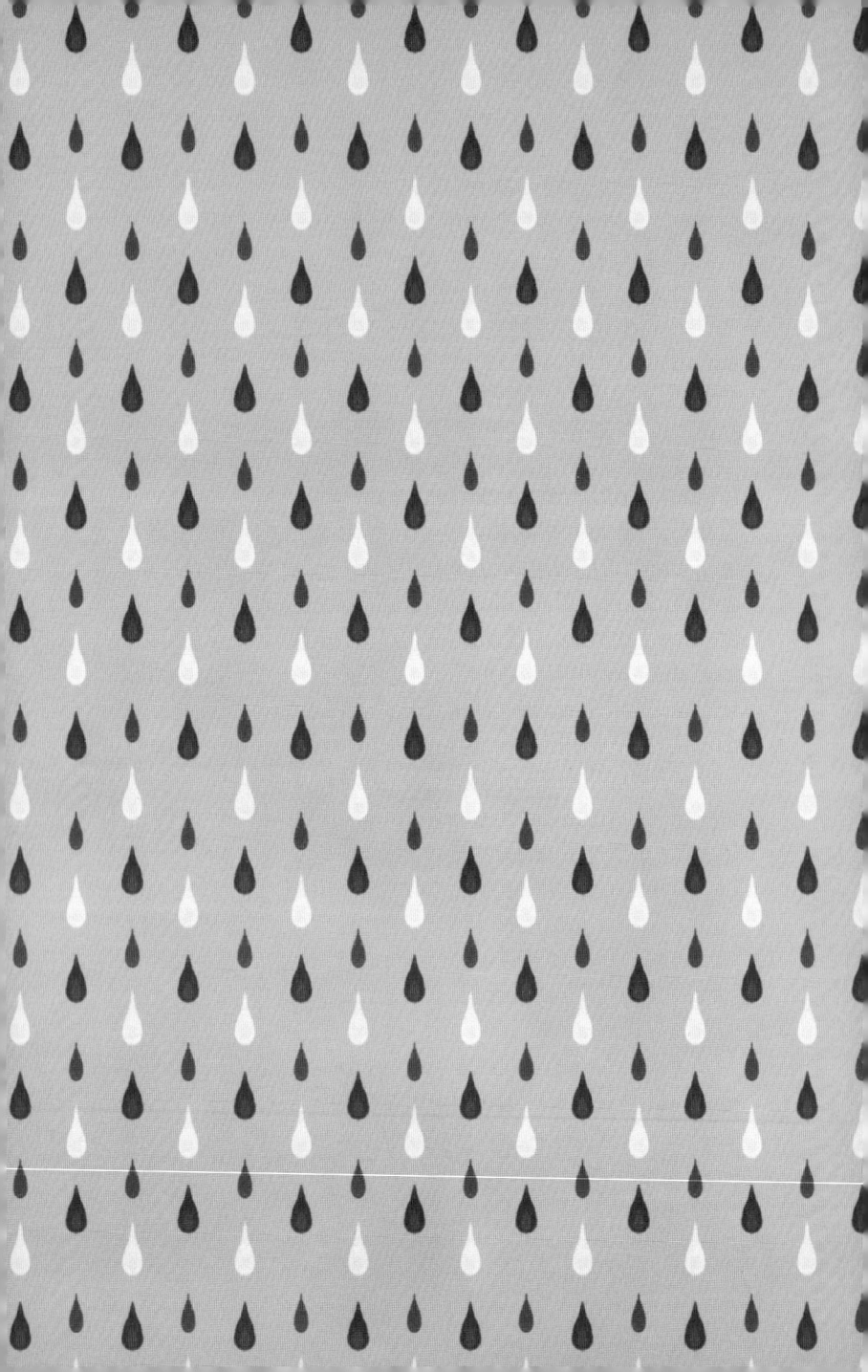

1. diálogos

SOBRE A REVOLUÇÃO

1 — A que horas começa a revolução?
2 — Ah, meu caro, a revolução é um sentimento, é uma sensação e uma necessidade de mudança. Estas sensações profundas não têm um horário marcado. São espontâneas.
1 — A que horas começa?
2 — Às três. Na praça central.
1 — E quantas pessoas estão previstas participar na revolução?
2 — Ah, meu caro, a revolução é um movimento que nasce de uma vontade individual, de uma insatisfação humana não partilhável, de um instinto solitário que nos leva a querermos, sozinhos, destruir o velho e fazer algo de novo.
1 — Quantas pessoas?

2 — Dez mil pessoas. Dez mil e sete, mais precisamente.
1 — Dez mil?
2 — Mas se for necessário levamos mais um zero.
1 — Mais um zero?
2 — Sim, temos um cartaz branco com um zero muitíssimo bem desenhado. Se for necessário, pomos ao lado das dez mil pessoas, no lado direito, essa placa com o zero. Ficaremos assim cem mil.
1 — É assim que funciona?
2 — Sim, é assim que funciona. Desde a escola primária. Se tem o número 10 e põe um zero do lado direito, fica 100. Em que escola andou?
1 — Só uma última questão: é preciso levar alguma coisa para a revolução?
2 — Cada um leva o que sentir ser necessário, e o que for exigido pelo mais profundo do seu ser.
1 — Como?
2 — Leve uma pedra.
1 — Uma pedra?
2 — Sim.
1 — De que tamanho?
2 — O tamanho suficiente para partir um vidro.
1 — Posso levar uma pedra com o tamanho suficiente para partir uma cabeça?
2 — Meu caro, que horror!!...
1 — ...?
2 — Ok. Sim.
1 — Levo então duas pedras? Uma para partir vidros, outra para partir cabeças?

2 — Se levar duas pedras, uma em cada mão, ficará com as mãos atadas, como se costuma dizer. Ou com as mãos demasiado cheias.

1 — Entendo.

2 — É necessário uma certa flexibilidade. Uma capacidade de adaptação.

1 — Compreendo.

2 — Deve pois ter uma mão livre e na outra deve levar uma pedra.

1 — Entendo.

2 — E essa pedra pode ser utilizada para dois objetivos: partir um vidro ou uma cabeça. E está nas suas mãos, literalmente nas suas mãos, a decisão.

1 — Entendo.

2 — Uma revolução que corra bem utiliza as pedras para partir vidros.

1 — Entendo.

2 — Se correr mal: cabeças.

1 — Cabeças! Entendo.

2 — Meu caro, gostei de falar consigo. Vemo-nos às três?

1 — Sim, às três. Na praça central.

SOBRE A REVOLUÇÃO — GINÁSTICA INDIVIDUAL E COLETIVA

— Aonde vais com tanta pressa?
— Vou para o centro.
— Para o centro?
— Sim, para a praça central.
— Que vais lá fazer?
— Uma revolução.
— Uma revolução? Como se faz isso?
— Assim. Levantas os braços e depois, com os braços muito lá em cima, agitas as mãos de um lado para o outro.
— Os braços para cima?
— Sim, isso mesmo. Agora agitas os braços lá em cima.

— Assim? Como um exercício de ginástica.
— Exatamente. Levantas bem os braços, abres as mãos e mexes depois os braços de um lado para o outro. Por vezes fechas a mão. E ficas com um punho no ar. Assim. Vês?
— Um exercício de ginástica, sem dúvida.
— Sim, uma ginástica social. Uma ginástica política.
— E depois? O que é necessário para fazer uma revolução? Como se faz isso?
— Depois, com os braços lá em cima, agitados, como se estivesses a ser empurrado pelo vento, começas também a gritar.
— A gritar? O quê?
— O quê, como?
— O que é que eu grito?
— Gritas o que quiseres. Ou então, se não souberes o que deves gritar, ouves os gritos que estão ao teu lado e repetes.
— Repito?
— Exatamente. Repetes, mas de uma forma individual.
— Como se faz isso? Repetir de uma forma individual?
— Repetes o conteúdo, mas a voz é tua. Ou então imitas o tom de voz de quem está ao teu lado, mas dizes algo diferente.
— Repetir mas de forma individual... que bela formulação.
— Exatamente.

— Portanto, por um lado uma ginástica política — uma ginástica de pernas, pés, braços e mãos —, mas que, em vez de ajudar na saúde individual, ajuda na saúde política.
— Exatamente.
— Em parte, é uma ginástica política porque são muitos a fazer esse gesto. É isso?
— Sim.
— Mas também há ginástica de grandes grupos. Na praia, por exemplo, juntam-se multidões para fazer exercícios. Qual é a diferença?
— A diferença é que os gestos que fazemos no centro da praça não são musculares, são gestos sociais.
— Gestos sociais? Como se fazem gestos sociais? Qual é a diferença entre um gesto social e um gesto que fazemos em casa, na nossa mesa da cozinha? Há músculos diferentes envolvidos?
— Não. São os mesmos músculos. Mas uma coisa é um músculo mexer-se só porque não quer ficar parado. Outra coisa é mexer-se porque quer que as coisas não estejam paradas.
— Ou seja: uma coisa é movimentares o teu corpo; outra, bem diferente, é movimentares o mundo.
— É isso. Ginástica altruísta ou ginástica egoísta.
— Muito bem.
— Avançamos para o centro?
— Sim, para o centro.

O TREINO VIOLENTO PARA UMA REVOLUÇÃO DEMOCRÁTICA E OCIDENTAL

1 — Estamos aqui, como sabem, para treinar para uma revolução ocidental e democrática.
2 — Bravo! Muito bem! Força com eles!
3 — Vamos esmagá-los!
4 — Vamos cortar-lhes a cabeça!
5 — Já basta!
6 — Sim!
7 — Revolução já!
8 — Morte!
1 — Muito bem. Vamos então começar a nossa aula. Para fazermos uma boa revolução democrática e ocidental temos primeiro de treinar a voz. Ok? A voz!
2 — Muito bem!
3 — Bravo.

4 — Isso mesmo, a voz!
1 — Schiu, silêncio! Isso, silêncio.
Vão então repetir, depois de mim:
DÓ RÉ MI
Vá, todos:
Todos — (Em coro)
Dó Ré *Fá*.
1 — Não é assim, está mal. Como querem que as coisas depois corram bem se nos ensaios...?!
Outra vez: DÓ RÉ MI
Vá, de novo!
Todos — (Em coro)
DÓ RÉ MI
1 — Boa! Bravo.
Agora vamos às outras notas.
FÁ SOL LÁ SI DÓ. Todos de novo:
Todos — (Em coro)
FÁ SOL LÁ SI DÓ
1 — Boa, perfeito! À primeira!
2 — Maestro, maestro!
1 — Que foi?
2 — Há ali um, aquele ali, no canto, que em vez de LÁ SI DÓ, cantou: LÁ SI FÁ.
1 — FÁ?
2 — Sim, FÁ.
1 — Meu caro, chegue aqui, por favor. Você aí, no canto, o do FÁ em vez do DÓ.
3 — Eu?
1 — Sim, você.
Diga. Repita comigo: FÁ SOL LÁ SI DÓ.

3 — FÁ SOL LÁ SI *FÁ*.
1 — Não. Repita. FÁ SOL LÁ SI DÓ.
3 — FÁ SOL LÁ SI *FÁ*.
1 — Meu caro, vou fazer-lhe uma pergunta. Está preparado para responder?
3 — Sim.
1 — Gostava se fosse totalmente sincero.
3 — Muito bem.
1 — Diga-me, você é desafinado ou é um espião?
3 — Diante dessa pergunta sinto-me envergonhado. Tenho necessidade de baixar os olhos.
1 — Sem vergonha. Estamos entre amigos e camaradas.
3 — A verdade é que não sou espião. Sou é muito desafinado.
Todos — Oh!! (exclamação geral).
1 — Tenho pena, mas assim não nos poderá acompanhar na revolução. Uma revolução democrática e ocidental tem de ser afinada. Gritaremos, sim, mas no tom certo. FÁ SOL LÁ SI DÓ, entende?
3 — Entendo perfeitamente.
1 — Tenho muita pena, confesso. Mas não poderemos contar consigo. Talvez no futuro, noutros lados, mas aqui não. Entende, não entende? A questão da afinação...
3 — Entendo perfeitamente... Em que canal...?
1 — Não sabemos. Se correr bem, vai passar em todos.
3 — Ficarei então a apoiar-vos em casa.
1 — Muito bem, agradecemos esse gesto. Adeus.

(*Virando-se agora para o resto do grupo.*)
Bem, agora, de novo: pescoços direitos, troncos direitos, músculos tensos e concentrados. Olhar fixo em frente. Preparados? Sem piedade. Com determinação e coragem. Força:
FÁ SOL LÁ SI DÓ
Vamos, todos. Sem piedade. Agora sim, a frase:
Coro — ISTO É INSUPORTÁVEL!
1 — Muito bem. Mas atenção ao LÁ SI. Vamos, de novo, é necessário treinar. Todos em coro, força!

COMO SE FAZ UMA REVOLUÇÃO. SOBRE O ARTESANATO EXPLOSIVO

— Mas como é que se faz uma revolução? Um artesão, por exemplo, pode fazer uma revolução como faz uma jarra?

— Não é bem a mesma coisa.

— Não?

— Uma revolução não é um objeto, não é uma escultura, não é sequer um edifício. Uma revolução não se faz como os engenheiros ou os artesãos fazem coisas.

— Não?

— Uma revolução é uma coisa que não se vê, que não tem um material. Não é feita de pedra, nem de madeira nem de barro.

— Que estranho.

— Exatamente. Uma revolução não ocupa espaço, mesmo depois de ser feita.
— Não ocupa espaço? Não tem largura, comprimento ou altura? Se é assim, então não existe.
— Existe sim. Uma revolução, por exemplo, altera as leis.
— As leis...
— Exatamente. As leis são também coisas que não ocupam espaço como uma mesa ocupa espaço, mas na verdade são essenciais.
— Isso bem sabemos.
— Na verdade, pensando bem, as leis até ocupam espaço, bem mais espaço do que um palácio.
— Como assim?
— As leis ocupam todo o espaço de um país, só que não se veem. Não pesam.
— Não percebo.
— É assim mesmo. As leis são como o oxigénio: estão em todo o lado mas não as vês.
— É uma formulação possível, mas estranha.
— E é por isso mesmo que as revoluções são importantes. As revoluções alteram o oxigénio, a atmosfera, em suma, as leis — e isso é que é significativo. Deitar abaixo prédios ou palácios ou mandar construir novos palácios, isso é pouco relevante.
— Pensava que um dos passos imprescindíveis para uma revolução era deitar edifícios abaixo.
— Isso é para crianças. O mais difícil é deitar abaixo certas leis e pôr, no seu lugar, outras. Isso é que é complicado.

— Portanto, a revolução não é apenas uma ginástica social ou política.

— É isso. Quando levantas os braços ao lado de milhares de outros braços, o que parece uma aula de ginástica coletiva passa a ser uma revolução se, em vez de dizeres: 1, 2, 3, disseres: *acabemos com a lei Y.* Entendes?

— Mais ou menos.

— Uma aula de ginástica e de treino coral transforma-se em revolução se os gestos forem dirigidos politicamente e se o conteúdo dos cantos for também político. Ou seja, reclamam uma mudança de oxigénio, uma mudança de ar na cidade.

— De ar...

— Trata-se de mudar as leis, ou seja, as palavras que estão num código legislativo.

— No fundo, faz-se uma revolução para mudar de letras. É isso?

— Não é para mudar de letras, não. As letras são as mesmas. Uma revolução não muda de alfabeto. Nas revoluções não se exige passar do nosso alfabeto para o alfabeto cirílico, por exemplo.

— Mas isso sim, seria uma grande revolução.

— Talvez. Mas o que se exige é mudar a ordem das letras, a combinação das letras, a forma como as letras — ao lado umas das outras — formam palavras. No fundo, queremos uma nova combinação entre palavras.

— As revoluções seguem assim a metodologia que alguns poetas aconselhavam: promover uma nova combinação de palavras. Encontros raros entre palavras, era uma das definições de poesia.

— Uma nova combinação entre palavras velhas, entre palavras que já existiam.

— Exato.

— É isso que é mudar de leis: mudar a combinação das velhas palavras. Por exemplo, onde estava um SIM aparece um NÃO, e vice-versa.

— Fazemos então uma revolução para encontrar novas combinações de linguagem.

— Como os poetas, eu diria que, se necessário, pegam em dinamite.

— Mas não há dinamite poético — ou há?

— Ah, meu caro, meu caro!, sabe tão pouco de substantivos como de explosivos.

O DINHEIRO COMO MATÉRIA-PRIMA

— Um homem que trabalhava o dinheiro: a sua matéria-prima eram as notas, as moedas.
— Um bancário, um economista, Excelência?
— Não. Um artesão que pegava no dinheiro e o tornava mais belo, esculpia-o como se faz com a pedra. Um artesanato monetário, um artesanato que só existe no hospício pois é um artesanato que estraga dinheiro, que destrói o que é mais precioso.
— O que fazia ele então?
— Humanizava as notas.
— Humanizava como?
— Não se tratava de as fazer com bons sentimentos, as coisas são o que são desde que nascem até ao fim dos seus dias. O que ele humanizava era a forma do dinheiro.
— Como?

— Transformava a forma retangular das notas noutra coisa.
— Noutra?
— Fazia braços, pernas, cabeça.
— Com quê?
— Com a tesoura e outros materiais.
— A tesoura, um instrumento cortante, para humanizar... Estranho.
— Eis o que é humanizar: transformar o retângulo neutro das notas em braços, pernas e cabeça. E o mesmo fazia com a forma circular das moedas. Unia moedas e notas entre si, de maneira a fazer figuras humanas.
— Aproveitar moedas... parece-me bem.
— Uma moeda pequena era uma cabeça pequena.
— Uma moeda pequena — uma cabeça de menino. Uma moeda grande, uma cabeça de adulto.
— Enrolava as notas e fazia delas pernas. Era tudo assim. E o mais absurdo é que utilizava dinheiro verdadeiro.
— Verdadeiro?
— Sim, e de várias notas valiosas e de várias moedas fazia uma escultura humana.
— E o preço final?
— Era absurdamente pequeno.
— Não entendo.
— O preço final era mais baixo que uma única das moedas que ele utilizava na sua escultura.
— Não dava importância ao seu trabalho? Era isso?

— Dava, dava. Aliás, o valor que ele atribuía às peças era avaliado apenas pelo seu esforço e capacidade intelectual, digamos assim, das suas mãos. À matéria-prima é que ele não dava valor nenhum.

— Ao dinheiro...

— Sim, para ele, louco, aquilo não era valioso. Para ele, as notas eram papel e as moedas eram apenas pedrinhas achatadas e circulares.

— Pedras bonitas, pelo menos. As moedas são pedras bonitas, não?

— Sim. Se alguém na praia encontrasse uma dessas pedras ficaria contente com aquela forma tão perfeita, isso é certo.

— As moedas são esculturas industriais, mas não deixam de ser esculturas.

— Artesanato que utilize dinheiro como matéria-prima, Excelência, eis o futuro.

— Eis, eis!

SOBRE UM PORMENOR DAS ÉPOCAS FESTIVAS — A GULA

— Mastigar é uma forma de falar com os alimentos.
— Uma definição possível.
— É possível dizermos tudo. É a grande vantagem da linguagem.
— Mas talvez não seja exatamente falar com os alimentos. Porque falar com algo ou alguém pressupõe falar e ouvir.
— Mas é isso mesmo que acontece.
— Sim?
— Sim.
— O certo é que, quando se mastiga e quando se fala, movimenta-se os mesmos músculos da boca. Se filmarmos, por dentro, com zoom, uma determina-

da boca, não conseguiremos perceber se a pessoa está a fazer um discurso ou a mastigar um javali. A boca mexe-se da mesma maneira.

— Os mesmos músculos dizem o mais belo verso e comem a mais gordurosa das carnes.

— E o alimento também fala.

— Sim?

— Sim. Não é por acaso que os sons que saem da boca quando se mastiga um javali ou um peixe são completamente diferentes.

— Diferentes, Excelência?

— Sim. Bem diferentes.

— Não tenho o ouvido tão apurado como Vossa Excelência.

— Eu explico: a vítima que é mastigada faz uns certos sons. Poderíamos até dizer, se fôssemos mais ou menos poetas sádicos, que os alimentos dizem as suas últimas palavras na boca de quem os devora.

— Os animais não morreram completamente, é isso?

— Exato. Os sons que saem quando se mastiga um pequeno naco de javali são as últimas palavras desse naco. São duas coisas a falar ao mesmo tempo: Vossa Excelência e o alimento.

— Por isso, quando Vossa Excelência come, deve ter os ouvidos bem atentos, para perceber quais as últimas palavras do animal.

— Não é por acaso que muitos aconselham as pessoas a almoçar sozinhas, em silêncio, isoladas. Comparam a refeição a uma forma física de meditação.

— Conhecer as últimas palavras da sua alimentação, tratar o alimento como algo que ainda fala, que ainda pode ensinar alguma coisa, tal é um nobre sinal de respeito. Vossa Excelência ficará tanto mais forte quanto mais prestar atenção àquilo que devora.
— Muito bem. Eis uma máxima.
— O que é então a gula?
— Diga-me Vossa Excelência.
— É não ouvir os alimentos. É o alimento querer segredar algo e Vossa Excelência estar já obcecado com o alimento seguinte. A gula é não dar atenção ao que se devora.
— A gula é, então, um pecado semelhante ao mau ouvinte, àquele que não dá atenção aos outros. É afinal um pecado não da barriga, mas dos ouvidos, da audição.
— A gula é um pecado auditivo, eis uma boa definição.
— Exato, Excelência. Mas há outras.

SOBRE O EQUILÍBRIO NO TEMPO E NO ESPAÇO

— E gosto desta estabilidade — disse a Excelência, enquanto tentava equilibrar-se numa corda, a dois metros de altura, como no circo.
— Você é equilibrista, Excelência.
— Exato.
— Gosta?
— Há atividades piores... Estou sempre entre a queda e o equilíbrio momentâneo. Também no tempo.
— De qualquer maneira, um ano deveria começar no dia zero.
— Zero não existe!
— Começar no 1 é começar já em andamento. Do zero é que se começa, pelas minhas contas.
— Sabe quando me desequilibro, Excelência?

— Quando?
— Quando não sei as horas exatas — ao minuto. É aí, nesse momento, que perco o equilíbrio e caio da minha corda. Não acha estranho? Perder o equilíbrio quando não sei as horas?
— Não tenho um medidor de estranhezas.
— Sou capaz de fazer as maiores proezas em cima desta corda: sou capaz de dar piruetas e cambalhotas, sou capaz de grandes saltos e de voltar, depois, com os pés direitinhos para cima da corda. Sou capaz até de andar com os olhos vendados em cima da corda. Mas basta perder a noção do tempo, a noção das horas, para me desequilibrar por completo e cair da corda abaixo... Não lhe parece quase místico?
— Você não é um desorientado. Sabe bem onde está o oriente. Nem desnorteado, sabe bem onde está o norte. Você é um des-tempado, des-minutado, des--segundado...
— ... enfim...
— Fica assustado quando não sabe as horas e os minutos exatos. É isso?
— Sim, quando não sei as horas sinto-me perdido, e grito.
— Grita?
— Sim, grito. De terror.
— É assustador não saber onde se está...
— É assustador não saber onde se está, sim, mas o *onde se está* mais importante é o onde se está *no tempo*.
— Mais assustador que não reconhecermos a paisagem à volta é, portanto, não reconhecermos os

minutos e as horas que estão em redor... a paisagem temporal, digamos...

— Não sei em que século estou!, eis uma exclamação trágica.

— Tem razão... Então, Vossa Excelência quando está no seu exercício de equilibrismo e não sabe as horas, grita. Um grito de terror...

— Sim, um terrível grito, um grito que mete medo... e quando me vêm acudir, e me perguntam se estou perdido, eu digo que sim. Que estou perdido. E pergunto as horas. E eles dizem-me.

— E depois?

— Depois, acalmo-me.

COSTAS, NUCA, CALCANHARES E OLHOS

— Ou seja: com as costas bem viradas para o nosso destino, e depois: sempre em frente!
— A estratégia para um ataque surpreendente... um ataque que pode ser confundido com... uma fuga?
— Silêncio. Passo a explicar a metodologia. A forma de agir.
— Estou a ver e a ouvir.
— As costas devem fixar o inimigo, o mais perigoso dos inimigos. E depois devemos correr muito, o mais possível. Em frente.
— Bravo! Parece-me bem... A questão é como é que as costas fixam o inimigo. Num duelo, o habitual é olhos fixarem olhos. E assim sucessivamente: pés,

pés, barriga, barriga. As costas fixarem os olhos do inimigo já me parece da ordem do espiritual...

— Aí está. Nada de espiritual, pelo contrário. No limite, o herói leva um espelho, como um automóvel. E consegue, assim, executar esse ato mágico de olhar para a frente e ver o que está atrás.

— É o chamado espelho retrovisor. Uma maravilha da técnica.

— Exato. Uma pessoa só consegue ver o que está atrás de si se olhar em frente. Eis uma filosofia de vida ensinada por um simples espelho retrovisor.

— Uma maravilha da filosofia.

— Mais...

— Mais?

— ... se estiver a conduzir, virar o pescoço e olhar para trás diretamente com os seus olhinhos, corre o risco de estampar o carro contra um obstáculo que esteja à sua frente. Verdade?

— Verdade.

— A questão de partida é que só se pode ver o que está atrás se olharmos para a frente. Ou seja...

— ... explicando...

— Por imposição da anatomia humana, a única maneira de fixar os olhos no passado é virar as costas, a nuca, e os calcanhares, ao futuro. Se te fixas no passado, ficas de costas para o futuro. É simples, não?

— Compreendo.

— Portanto, se queremos ver o que está atrás de nós e, ao mesmo tempo, não queremos virar as costas ao futuro, ao que aí vem — o que devemos fazer?

— ... devemos, devemos...?
— Devemos caminhar na rua, pelos passeios, com um espelho retrovisor na mão.
— Como os malucos.
— Um espelho retrovisor não é um objeto...
— Não é um objeto.
— Não é apenas um objeto.
— Não é apenas um objeto.
— É uma sábia metodologia de vida. Um conselho moral que vem em plástico e vidro.
— ... um conselho...
— Um conselho em forma material, e não em linguagem...
— ... um conselho em forma material...
— Portanto, em vez de Aristóteles e dos grandes pensadores que vieram cobrir-nos de palavras e conselhos, eis o que este século nos dá: um espelho retrovisor!
— É justo, acrescento eu. Merecemos.

A CORAJOSA DESORIENTAÇÃO DE UM OU OUTRO HERÓI

— ... não apenas uma maravilha da técnica, o espelho retrovisor é também uma ajuda moral para os cobardes.
— O espelho retrovisor, uma ajuda moral para os cobardes...
— É isso mesmo, Excelência.
— Eis uma palavra que ainda não tinha entrado na nossa conversa: cobarde.
— Exatamente. O espelho retrovisor é o que permite que as tuas costas fixem o inimigo. As tuas costas implacáveis, poderíamos dizer.

— Gosto da expressão: costas implacáveis, costas impiedosas, costas corajosas. Enfim, eis a parte anatómica a privilegiar pelo herói deste século...
— As costas.
— Exatamente, as costas, eis o que é mais admirável no verdadeiro herói do século XXI: as costas, as implacáveis costas!
— Sim, as costas de qualquer herói são implacáveis, assustadoras, perigosas, temíveis.
— Ninguém consegue olhar muito tempo para as costas de um herói. Os olhos não suportam tanta audácia de omoplatas e espinha dorsal.
— Isso mesmo.
— No entanto, alguém mais desavisado poderá exprimir, murmurar, a palavra FUGA.
— Que disparate!
— É verdade; não se trata de fuga, mas sim de uma nova metodologia de orientação no espaço. Uma nova bússola humana, uma nova forma de entender a localização do sol, a localização dos grandes astros e também a localização do medo.
— Como? Medo?
— É isso mesmo. Uma nova metodologia de orientação começa por localizar, no nosso corpo, o medo, o pânico, o treme-treme — em suma, em síntese, numa abordagem geral, e visto de cima, e sob esta perspectiva, esta metodologia permite localizar, desculpe-me a expressão, o cagaço.
— Compreendo...
— Um termo técnico...

— O cagaço...

— No fundo, a estratégia é esta: localizas anatomicamente o teu medo e começas a correr muito.

— Ou seja, voltamos ao início: com as costas bem viradas para o nosso destino e depois: sempre em frente!

— Voltamos mesmo ao início: as costas devem fixar o inimigo, o mais perigoso dos inimigos e, depois, devemos correr muito, o mais possível.

— No fundo, uma cobardia bem organizada é aquela que é confundida, de perto e de longe, com uma valentia meio desorganizada.

— Exato. O cobarde não é bem cobarde, está é desorientado. Pensa que o inimigo está num lado e afinal o inimigo está no lado oposto. Por isso é que ele corre a grande velocidade para o lado oposto do inimigo. É muito corajoso, está é mal orientado... Problema de bússola.

— Entendo...

— Mas não se use a palavra *inimigo*... é demasiado forte. Usemos a palavra *problema*. Todas as pessoas têm um problema, nem todas têm inimigos.

— Pois...

— Portanto, em suma: devemos fixar, olhos nos olhos, digamos, o problema com as nossas costas e depois sim: usar as pernas e correr o mais possível.

— É a forma mais rápida de resolver um problema.

— Correr rapidamente para longe dele.

— Logo, a forma lenta de resolver um problema é...

— Correr lentamente para longe dele.
— É um prazer falar consigo, Excelência, você entende-me. Corremos os dois para o mesmo lado, digamos assim.
— É isso.

UM, DOIS PÉS: O CRONÓMETRO NÃO FUNCIONA

— De qualquer maneira, gosto de um pé que anda e corre, mas não sozinho.

— Como?

— Um pé, um pé. Entende?

— Pois, um pé. Mas um pé nunca avança sozinho. Quando avança, avança com o outro pé. Dois. É assim que está bem. Se um pé avançar sozinho, algo está errado.

— Meu caro, não é essa a questão. Não me entendeu.

— Por exemplo, um corredor ao pé-coxinho deve demorar três minutos a correr cem metros. Ou mais. Um pé não é feito para correr sozinho.

— Três minutos?

— Foi um número atirado ao acaso. Para dar uma ideia, entende?

— Correr ao pé-coxinho é um absurdo...

— ... não sei se é absurdo... revela, pelo menos, a falta de um pé...

— De qualquer maneira, se tudo fosse mais simples, as contas não seriam assim.

— Então?

— Então... um atleta ao pé-coxinho, portanto... correndo só com um pé, pelas minhas contas... deveria fazer os cem metros exatamente no dobro do tempo que faria com dois pés. Divisão e multiplicação simples.

— Sim, mas repare... num exame de matemática é impossível colocar um problema com este tipo de enunciado...

— Diga lá?

— Questão: se um homem com dois pés faz os cem metros em 12 segundos, com um pé fará os cem metros em...?

— ... em?

— ... em?

— A resposta devia ser 24 segundos.

— Muito bem. Em que escola andou?

— Mas não é assim que se passa na realidade.

— Não.

— O corpo ou o cronómetro. Um deles não funciona.

— E como os cronómetros não falham, concluímos que a falha está no...

— Aliás, se o comportamento humano fosse lógico, dois homens ao pé-coxinho, bem agarrados entre si e bem coordenados, deveriam fazer nos cem metros o mesmo tempo que...

— Meu caro, você já entra no delírio!

— Tem razão, tem razão... a questão é que nem o andar nem o correr de um ser humano são lógicos, e isso aborrece qualquer um.

— Claro que aborrece.

— O corpo deveria saber fazer as contas, eis o que me parece. Um é um, dois é dois. Um é metade de dois.

— Bravo!

— Um corpo que não é lógico, que não obedece à inteligência e à racionalidade dos números, é um corpo, como dizer... meu deus, será que posso utilizar essa palavra...

— Utilize, utilize... sem medo, estamos sozinhos.

— O que eu gostaria de dizer é o seguinte...

— Diga, diga.

— O facto de as boas regras da contabilidade não explicarem um milésimo dos comportamentos humanos só mostra o seguinte...

— Sim?

— Mostra que os comportamentos humanos não são verdadeiramente humanos. São irracionais, imprevisíveis, até aleatórios. Numa palavra, são...

— Diga, diga...

— ... pois... é isso mesmo... um corpo que não obedece à boa lógica da contabilidade é um corpo ANIMALESCO.

— Animalesco... que palavra terrível!

— Mas é a palavra certa. Repito: todo o comportamento humano que sai fora das boas regras da contabilidade é animalesco. Eis o que me parece.

— De facto. Um é metade de dois; dois, o dobro de um. Em todos os países civilizados.

— Exatamente. Julgo que nos entendemos. Gostei de falar consigo.

— É sempre um prazer.

SOBRE O NOVO HOMEM QUE A CIDADE INVENTOU

— Duas formas de pensar a cidade, Excelência.
— Duas?
— Sim. Uma: um homem avança e está a construir um muro em redor de um jardim.
— E a outra?
— Um outro homem avança e está a construir um jardim em redor de um muro.
— Muito bem.
— E eis aqui uma bela frase, mas também uma frase assustadora:
"Há dias em que cair é uma sorte."
— O que quererá isso dizer?
— Não sei. Mas assusta. Cair é uma sorte... Que não tenha dias assim, Excelência, em que cair seja uma sorte.
— Agradeço a gentileza, mas falemos da cidade.

— Sim, da cidade.
— Mude a direção das ruas, a inclinação dos prédios, a orientação e posição dos hospitais, cemitérios e hospícios.
— E...?
— E assim Vossa Excelência irá alterar a saúde dos habitantes dessa cidade.
— Ou seja?
— É possível impedir certas doenças através do planeamento urbano.
— Planeamento urbano como prevenção médica, é isso?
— Sim. Uma terapêutica que começa bem antes de alguém nascer. Que começa na forma de conceber a cidade. A saúde de Vossa Excelência, a futura saúde das gerações que aí vêm, a começar no traço que o urbanista risca na folha em branco. Uma rua aqui, um parque ali, uma floresta acolá. Prédio alto, prédio baixo. Estas decisões são também decisões fisiológicas, médicas.
— Mas quando tudo já está feito...? Quando nascemos e a cidade já está pronta?
— Mesmo assim ainda se pode agir. Como alguém que vai a correr atrás de um comboio. Pode apanhar o comboio se tiver boa resistência de coração, paciência e, claro, se o comboio parar, logo a seguir, numa estação. Paciência, resistência, e sorte. Eis.
— Mas sim. Curar doenças individuais através da mudança do sentido do tráfego em certas ruas, por exemplo. Eis uma utopia. É isso?

— Exato. O urbanismo como uma ciência médica. Planear cidades para que dali nasçam homens saudáveis. Pensar o solo de uma cidade como se pensa no solo do campo. É necessário bom adubo, etc., etc. É bom para os animais e para as plantas?, eis a pergunta.

— Se ali as árvores vão crescer com rapidez ou não. E se vão ser fortes. É isso?

— É isso. A cidade como o solo de onde nascem esses animais que conduzem, os homens.

— Animais que conduzem?

— Exatamente: porque na cidade os homens têm uma outra definição, já não os definimos como antigamente. Já não são animais racionais, já não são animais políticos, como lhes chamava Aristóteles. Nas cidades, os homens são animais que conduzem. Eis a definição certa e contemporânea. Na cidade, o homem é um animal que por vezes sai do carro.

— Por vezes, sim.

— Sai do carro como quem tira o casaco de cima dos ombros.

— Só tira o casaco quando não tem frio.

— Só sai do carro quando chegou ao destino.

— Eis a cidade.

— Na Grécia Antiga, a palavra destino, diga-se, tinha uma conotação bem mais forte. Destino como algo que determinava o sentido da existência, por exemplo. Soava um pouco melhor.

— Pois sim. Mas numa cidade moderna, o destino é o sítio onde o homem sai de dentro do carro.

— Eis, pois, ao que estamos reduzidos.
— O grande destino do homem é um parque de estacionamento.
— Não seja cínico, Excelência.
— Ok. Não serei cínico.

O PESO E A BELEZA

— A maior borboleta do mundo é chamada borboleta-de-asas-de-pássaro. Vive na Nova Guiné. E pode pesar mais de cinco gramas.

— Cinco folhas brancas de um grama pesam também cinco gramas. Pelas minhas contas.

— Sim, a conta está certa, Excelência. Bravo!

— Obrigado, agradeço.

— Mas há uma diferença essencial. Cinco gramas de folhas brancas são brancas, enquanto cinco gramas de uma borboleta é muita cor junta. É uma diferença essencial para os olhos. O peso é igual, mas o prazer estético que resulta da visão de cada um dos cinco gramas é bem diferente.

— Um cego que pega nas duas coisas — pega sempre no mesmo: cinco gramas.

— Nada disso, como é evidente.
— Não?
— Não. Mesmo só com as mãos, um cego percebe rapidamente quando está a pegar em algo belo ou em algo neutro.
— Parece-lhe que sim?
— Cinco gramas de beleza ou cinco gramas de folhas brancas. É bem distinto. Só é igual para os contabilistas que trabalham na mercearia e que vendem o mundo todo a peso. Cinco gramas de fealdade e cinco gramas de beleza são, para os contabilistas ortodoxos, cinco gramas. Porque a beleza, como se sabe, não pesa.
— Exatamente.
— Bem, há uma outra questão.
— Qual, Excelência, qual?
— Em primeiro lugar, uma borboleta com asas de pássaro é pássaro ou borboleta?
— É uma questão importante.
— Claro que sim. Tem a ver com as quantidades. Mais uma vez. Uma borboleta que seja sessenta por cento igual aos pássaros passa a ser pássaro?
— Depende, respondo eu. Se tem mais capacidade para ser bela do que para voar, é borboleta. Se é melhor a voar do que a ser bela, então é pássaro.
— Bela definição.
— E que mais, sobre essa borboleta?
— É uma borboleta diurna. E sabe qual é a diferença entre borboleta diurna e noturna?
— Não.

— Tudo depende das cores e não do sono.

— Explique, por favor, Excelentíssimo.

— As borboletas diurnas não são as que têm sono à noite. E as noturnas não são as que sofrem de insónias. Tudo tem que ver com a vaidade e não com o sono.

— Vaidade?

— Sim. As borboletas são diurnas quando as suas cores são mais agradáveis debaixo da luz. E são noturnas quando o escuro faz realçar as cores brilhantes.

— Só vaidade, vaidade, até nos bichos.

— Mas nos bichos belos a vaidade tolera-se, não?

— Não. Pelo contrário. Por mim, aceito melhor a vaidade dos feios, horrendos e estropiados. Esta, sim, é uma vaidade corajosa. Um feio que se mostra muito é bem corajoso, não lhe parece, Excelência?

— Sim, talvez tenha razão.

— Mas, de qualquer maneira, não me conformo: cinco gramas de uma coisa bela não deviam pesar o mesmo do que cinco gramas de uma coisa feia. Não é justo.

— Não há balanças sensatas — e, sim, o mundo não é justo, Excelência.

CONVERSA ENTRE DOIS HOMENS CORAJOSOS

— Metade de mim é corajosa, a outra metade treme ligeiramente, digamos.
— Ou seja...
— Ou seja: a outra metade é cobarde. De uma ponta à outra.
— Toda a metade, toda a metade inteirinha... cobarde? É isso?
— Isso mesmo.
— O importante é, de acordo com as circunstâncias, acertar na parte do nosso corpo que é corajosa.
— *Ele é metade corajoso...* eis o que me parece um elogio estranho.

— Digamos que é metade de um elogio.
— Metade de um elogio...
— Metade é elogio, metade é insulto.
— Metade de um elogio, ou elogio a metade do corpo...
— Metade de um insulto... já agora...
— A bela matemática aplicada à linguagem.
— Mas voltemos à questão essencial.
— Voltemos.
— Metade do seu corpo é corajosa. Por exemplo, os seus olhos são corajosos, mas entretanto as suas pernas fogem. É isso?
— Exato. Aliás, os meus olhos nunca fogem. Ficam sempre no mesmo lugar. O que foge são as minhas pernas. No fundo, sou um corajoso a nível ótico.
— A nível ótico...
— A nível da íris sou um enorme herói. Um corajoso retiniano. Ninguém me manda fechar os olhos; nem a luz mais forte me manda fechar os olhos.
— Um corajoso ótico. É assim mesmo.
— Exato. O que é cobarde em mim, reconheço, são as minhas perninhas: fraquejam, coitadinhas. Tremem, de cima abaixo e de baixo acima.
— Pernas fracas, mas olhos firmes!
— Os olhos não largam o inimigo.
— Entretanto as pernas lá em baixo é que começam a recuar...
— ... a andar para trás.

— No fundo, as minhas pernas não estão ao nível moral dos meus olhos.
— Exato.
— Tenho olhos de herói intrépido e corajoso. Mas pernas de caguincha, que é uma expressão bem popular.
— Caguincha.
— Não é expressão elegante, mas...
— No entanto, dizerem que Vossa Excelência é cobarde só porque foge e muito e a grande velocidade, parece-me um exagero.
— Penso exatamente como Vossa Excelência.
— Mais. As suas ideias são muito corajosas. Os seus olhos também. As suas pernas, enfim, elas sim, fraquejam.
— Mas são só as pernas.
— Exato. A parte mais baixa do corpo.
— Menos de metade do corpo. As pernas.
— Exato, penso também assim. Mas nunca se baralhe. Nunca seja corajoso com a parte errada do organismo.
— Nunca, meu caro, nunca. Por exemplo, vem aí um cão feroz.
— Sim. Já o estou a ver. Buh, assustador. Bem feroz!
— Pela minha parte, vou então fugir com as minhas pernas, mas manterei a parte de cima do corpo com a valentia de sempre. Que lhe parece?
— Bravo! Parece-me uma boa decisão.
— Vossa Excelência vem comigo?

— Sim, claro. Gosto de ser corajoso para o mesmo lado que Vossa Excelência.
— Avançamos?
— Avançamos, sim, e rapidamente!

SOBRE A GEOMETRIA, A LINHA RETA E OS LABIRINTOS

— Insisto: aquilo a que muitos chamam cobardia talvez seja apenas falta de orientação no espaço.
— Exatamente, penso exatamente assim.
— Ou seja, as suas pernas não fogem porque querem fugir.
— Que horror, claro que não!
— Fogem sim porque, desorientado como é, Vossa Excelência recua quando pensa estar a avançar.
— É isso mesmo.
— Não sabe onde está o Norte e o Sul.
— Não sei. Nunca soube.
— Pois é.
— A distância mais longa entre o inimigo e eu. Eis o que procuro.

— Uma longa linha reta, é isso que Vossa Excelência busca e deseja.

— Exato.

— Porque, de facto, devemos louvar quem procura a mais comprida das retas!

— De facto, sim, de facto. Porquê esta obsessão geral pela linha mais curta entre dois pontos?

— É isso mesmo. No fundo, os cobardes abrem caminho, traçam uma reta mais longa, uma reta interminável. E foi isto, afinal, que fizeram os grandes descobridores do passado... também estes traçaram uma linha reta mais longa do que aquela que existia antes. Descobrir é isso.

— No fundo, geometricamente, o cobarde e o grande descobridor fazem o mesmo: afastam-se o mais possível de um certo ponto de partida, digamos.

— Façamos, pois, a pergunta, sem qualquer receio: quem descobre o caminho mais longo entre dois pontos?

— O cobarde!

— Eu diria até, e desculpe-me o ligeiro desvio geométrico, que o cobarde traça uma linha labiríntica entre o inimigo e o seu próprio corpo. A linha mais longa do mundo, e em curva e contracurva.

— Ou seja, no fundo há duas geometrias: a do corajoso e a do cobarde.

— Para o corajoso: a linha reta, a distância mais curta entre si e o seu inimigo!

— Para o cobarde: linha labiríntica, retorcida e cruzada mil vezes sobre si própria — para que entre o inimigo e o seu corpo exista uma distância que só possa ser percorrida ao longo de um século, no mínimo.

— Que entre mim e o meu inimigo esteja a distância de um século!, eis o que diz o cobarde.

— Quando o inimigo chegar ao pé de mim, eu já tive tempo de envelhecer e até, com sorte, de morrer de velhice tranquila.

— Ficar a essa distância de segurança do inimigo. Eis o projeto do cobarde.

— Meu caro, meu caro, mais uma vez estamos de acordo.

— Até à próxima, Excelência. Gostei de falar consigo.

DIREITO, ESQUERDO E ALGUMAS DEFINIÇÕES

— ... mas voltemos às questões importantes.

— O importante... quer uma definição? Aquilo a que eu dou atenção, eis o importante. Quer outra definição?

— Sim, Excelência.

— A definição de definição. Definição significa de-finir. Finir, acabar. Dar uma definição é dizer a última palavra sobre o assunto.

— É, pois, terminar com a conversa.

— Exato. Conversa finita com a definição.

— Quem define diz ao outro: nada mais tens a dizer sobre este assunto, pois acabei de dizer a última e definitiva palavra sobre a questão.

— Uma conversa entre surdos é uma conversa em que os dois trocam definições.

— Uma definição é definitiva, eis uma redundância bem redonda, se assim me posso exprimir.
— E etc. e etc. e tal.
— Muito bem, Vossa Excelência está a ver bem o assunto.
— Seria interessante pensar em definições que iniciam a conversa.
— Uma definição inicial, inaugural. Uma de--iniciação.
— Ou uma pré-finição. Uma não-finição. E assim sucessivamente.
— Bem... como estava a dizer: gosto de um pé que não se preocupa apenas em avançar. Gosto de um pé que descobre o caminho... que cada vez que toca o chão abre uma nova hipótese. Um pé que afasta a floresta para os lados e que faz uma estrada à medida que avança, uma estrada humana.
— ... para mim, os pés são um assunto menor, um assunto, como dizer...
— É essa a grande função do pé, fazer uma estrada humana no meio da floresta desumana... floresta animalesca e até botânica!
— E até!
— Que a floresta, no fundo, se reparar bem, é botânica selvagem.
— Uma floresta botânica, que surpreendente! Mas falava do pé, não continua?
— ... um jardim botânico é compreensível, mas uma floresta botânica... Uma floresta mansa, digamos, eis o que surpreende.

— E o pé, e o pé?

— ... porque à floresta associamos terríveis animais carnívoros capazes de nos arrancar a cabeça com uma dentada involuntária. Com uma dentada mansa...

— Os animais selvagens são capazes de nos engolir com um apetite manso, um apetite tranquilo; muito bem!

— Eles são selvagens e cruéis de uma forma natural. Sem esforço, Excelência.

— Praticam a crueldade como quem pratica fitness ao domingo. São maus e cruéis para manter a forma, para não ganhar barriga... para não se aburguesarem, no fundo. A crueldade animalesca como atividade de lazer.

— Pois bem, sim, mas voltemos aos pés.

— Ok.

— ... o que me interessa agora é pensar como é que alguém, só com um pé, abre caminho humano para os dois lados, o esquerdo e o direito...

— ... no fundo, é uma questão de lateralidade.

— Sim, mas estou a pensar em alguém que atravessa a floresta ao pé-coxinho.

— Ao pé-coxinho?

— Sim... é difícil pensarmos no lado esquerdo e direito de um pé, pois estamos habituados a pensar em pé direito e pé esquerdo, os dois juntos...

— Isso.

— ... o que está ao lado direito do pé direito e o que está ao lado esquerdo do pé esquerdo... Se pensarmos num único pé, por exemplo no pé esquerdo... se for assim, o lado esquerdo da floresta está do lado esquerdo do pé esquerdo, tal é normal... agora, já é muito estranho pensarmos que o lado direito da floresta está à direita desse pé esquerdo. Porque o lado direito da floresta costuma estar do lado direito do pé direito. Percebe o problema de quem anda na floresta só com um pé?

— Percebo, embora um desenho ajudasse... De qualquer maneira, o problema que põe é muito relevante, sem dúvida, mas estou atrasado. Vou comprar sapatos.

— Sapatos?

— Dois.

— Aperto-lhe a mão com extrema reverência e digo adeus a Vossa Excelência. Vou para o lado direito do pé direito.

— Muito bem. É uma boa hipótese, sem dúvida! Adeus, meu caro.

COMO ELIMINAR IDEIAS NUM SÉCULO TÃO LIMPINHO? — EIS A QUESTÃO

— Caríssima Vossa Excelência e, com a Vossa licença, eis o que eu decreto: vou decapitar a teoria que está presa à cabeça de uma certa pessoa.
— Decapitar? Uma ideia? E com que guilhotina?
— Com uma guilhotina atenta.
— Atenta? Que belo adjetivo para uma...
— Com uma guilhotina elegante. Uma que faça cortes exatos, precisos. Cortes educados, eu diria.
— E isso significa que tal guilhotina seria capaz de cortar a teoria de uma cabeça sem cortar a cabeça propriamente dita?

— ... pelo menos foi isso que encomendei ao construtor de guilhotinas deste século. Enfim, Vossa Excelência entende do que estou a falar... há ideias por aí que não me agradam e não sei como resolver o assunto.

— Guilhotinar uma cabeça produz muito sangue, uma porcaria, portanto, falta de higiene... E essas questões... para este século XXI, século civilizado... Uma guilhotina para uma ideia particular, é isso?

— É isso.

— Não se trata portanto de guilhotinar apenas uma parte da cabeça...

— Não... É guilhotinar apenas uma ideia, uma ideiazinha. Não somos nenhuns selvagens.

— Mas guilhotinar não é extrair, meu caro. Vossa Excelência pode hipoteticamente extrair uma ideia com um bisturi, e mesmo assim será bem complexo... Uma ideia não está num sítio concreto da cabeça, está por todo o lado.

— E estará só na cabeça?... As ideias não estarão também no braço, nos pés, Excelência?

— É um material intranquilo, a ideia...

— Eis uma excelente definição. Um material intranquilo, a ideia.

— E, de facto, caríssimo amigo, não consigo responder a tais questões... O meu domínio da fisiologia é, apesar de tudo, limitado. O corpo para mim tem cabeça, tronco e membros. Quando me falam de estômago... tal já é assunto de especialistas. Da pele para dentro, o corpo já é, para mim, quase espírito. O que não vejo com os meus olhos limpos e vazios de instrumentos auxiliares, para mim não existe.

— Os olhos da ciência — como os raios-X, microscópios, etc. e tal —, portanto, não o convencem?

— Nada. São ilusionismo... Ilusionismo científico, sim, mas ilusionismo.

— ...

— ... talvez uma ideia muito antiga, Excelência, uma ideia que exista há muito tempo na cabeça, já tenha passado para os braços, pernas, etc. Ou seja, a ideia apodera-se do corpo, por assim dizer. E ocupa por completo o território do organismo.

— E nesses casos?

— E nesses casos nada podemos fazer... Para eliminarmos uma certa ideia que nos desagrada temos de eliminar por completo o corpo que possui essa ideia... Não basta sequer eliminar a cabeça. Temos de eliminar a cabeça, o tronco e os membros do portador maléfico e ignóbil e repugnante, esse portador de uma ideia com a qual discordamos ligeiramente.

— Eis que Vossa Excelência coloca uma questão sobre a qual poderemos pensar durante vários anos ou, no nosso caso, como temos pressa, alguns minutos. E a questão é a seguinte: quanto tempo leva uma ideia a espalhar-se desde a cabeça até ao resto do corpo? Está clara a questão?

— Claríssima, Excelência.

— É um pouco como pensar no ritmo de deslocação de um veneno ou de uma substância química bondosa que é introduzida no corpo.

— Uma ideia, de resto, é semelhante a uma substância química.

— Exatamente.

— ... mas talvez os limites físicos de uma ideia sejam mais difíceis de definir do que os limites de uma substância, mesmo que mínima, e por isso...

— E por isso?...

— E por isso o seu percurso dentro do corpo, o itinerário de uma ideia dentro do organismo, também é mais difícil de traçar.

— Ou seja, apesar de tudo, neste século não evoluímos assim tanto. Para eliminar uma ideia de um corpo não há tecnologia moderna adequada. Se queremos eliminar ideias temos de continuar...

— ... a cortar cabeças.

— A cortar cabeças e com a guilhotina... isto é, com exatidão.

— Exatamente, se assim me posso exprimir, exatamente!

À BEIRA DE UMA REFLEXÃO SOBRE O ESSENCIAL

— Meu caro, meu caro, as ideias! Já ouviu falar delas?...
— Vagamente.
— Essa matéria que não tem lados nem volume.
— Nem peso.
— Matéria escassa, rara. Bem precioso.
— É bem verdade. Mas o certo é que Vossa Excelência pode traçar o itinerário exterior de uma ideia como traça o itinerário de uma viagem de cem dias de automóvel.
— Sim? E como é isso, Excelência?
— Por exemplo, uma ideia que aparece num livro ou numa conversa ganha força e vai avançando

de mesa em mesa, de boca para ouvido e, depois, de casa em casa, de localidade em localidade, de país para país, de continente para continente, etc., etc.

— E assim sucessivamente: uf!

— Repare, por exemplo, Vossa Excelência, que uma ideia passa as fronteiras entre países sempre com um salto elegantíssimo, se assim nos podemos exprimir.

— Salta por cima.

— Por cima?

— Por cima, claro.

— De país em país, uma ideia vai sendo levada pela atmosfera: as ideias fortes pelos ventos fortes...

— ... pela brisa neutra, as ideias tranquilas. É isso?

— É isso. Deixe-me até levantar as mãos e dizer algo belo.

— Força! Levante essas mãos.

— Aqui vai: uma ideia avança do país A para o país B como uma pequena folha de árvore que o vento empurra.

— Que bonito.... Já pode baixar as mãos.

— Obrigado. Estava a ficar cansado.

— Cãibras?

— Exato. Falar bonito dá cabo dos músculos dos braços. Porque não se pode dizer algo de belo sem uma certa postura manual. Sem os braços levantados em pose trágica, a voz não consegue dizer frases verdadeiramente admiráveis.

— Eis que aprendo algo.

— Quer que eu levante de novo os braços?... aqui vai: uma ideia avança do país A para o país B como uma pequena folha de árvore...

— Sim, pode baixar os braços, é bonito. Só que não há folha de árvore e não há vento. De resto, é exatamente igual.

— Ou seja, é completamente diferente.

— Como nos entendemos!

— Em suma, há apenas uma ideia. E não há vento nem qualquer outra matéria visível. E no entanto...

— ... e no entanto... a ideia avança.

— Muito bem... E repare Vossa Excelência que a ideia faz ainda um itinerário no tempo, e não apenas no espaço.

— Ora aí está. Um caminho no tempo. Isso já é mais difícil imaginar. Como se avança por uma coisa que não ocupa espaço?

— Meu caro, vou ensinar-lhe o essencial. Ou, se não, pelo menos o acessório.

— Avancemos para o acessório, Excelência! Temos o resto do dia para o essencial.

— Bravo, é isso mesmo. Deixemos o essencial para o fim. Ou mesmo para depois do fim.

— É uma bela altura para chegar lá. Mas avancemos.

— Isso, que não haja pressas. Chegaremos ao essencial sem precipitações.

— Pois bem: há ideias que percorrem muito espaço em pouco tempo. Eis a moda.

— A moda é portanto...

— ... uma ideia que rapidamente ocupa muito espaço. No mesmo dia, semana ou mês está em muitos sítios ao mesmo tempo. No entanto...
— No entanto...
— Na semana seguinte desaparece.
— Slup, desaparece.
— Sim. Não tem um itinerário no tempo, só no espaço. Eis o que é a moda.
— Mas há outras ideias. Há as ideias essenciais.
— Oh, sim, há ideias boas! Mas Vossa Excelência sabe bem que tal é assunto para deixar para depois do final.
— Muito bem, avancemos então para o essencial.
— Ok. Avancemos para aí. Agora?
— Agora!

OS PROFETAS E A FRASE ESSENCIAL

— Vossa Excelência acabou de falar sobre o essencial, não é verdade?
— É isso mesmo.
— Mas eu não ouvi nada. Que pena! Passou um carro ao mesmo tempo e, com o barulho do motor, eu não ouvi Vossa Excelência a falar do essencial.
— Eis uma bela imagem.
— Qual?
— Essa: o barulho do motor impede o ser humano em geral e Vossa Excelência em particular... impede-os de ouvirem o essencial.
— Realmente... devemos então destruir os motores e todos os ruídos do mundo para ouvirmos o essencial... é isso, Vossa Excelência?

— Não, nada disso.
— Não?
— É que talvez... quem sabe... talvez o essencial seja precisamente o barulho do motor e não o que eu disse.
— Oh!
— Aliás, de qualquer maneira, não tem importância. Eu estava apenas a mexer os lábios.
— Como?
— Sim, estava apenas a mexer os lábios. Percebi que o barulho do motor impediria Vossa Excelência de me ouvir e, portanto, em vez de dizer cá para fora o que acho essencial para resolver a existência, o mundo e o resto em geral, eu decidi apenas mexer os lábios... para o impressionar.
— Vossa Excelência não disse nada?
— Nada, nadinha. Mexia os lábios para Vossa Excelência pensar que eu falava do essencial. E Vossa Excelência acreditou.
— Acreditei.
— E eis o que faz cada profeta quando fala do essencial...
— ... mexe os lábios!
— Sim, mas não em qualquer sítio ou circunstância.
— Claro que não. Os profetas...
— ... falam do essencial, dizem a frase decisiva, no exato momento em que passa próximo um veículo motorizado extremamente ruidoso.
— Eis a estratégia certa.

— E por isso...
— E por isso?
— ... cada um dos ouvintes pensa que perdeu o essencial por uma questão meramente auditiva. E fica revoltado contra essa parte anátomo-fisiológica que o impede de entrar em contacto com o centro.
— Perder o essencial por uma questão auditiva, eis o que revolta qualquer homem orgânico.
— Eis uma bela expressão: homem orgânico.
— E os ouvidos, esse problema!
— Sim, de facto. Mas como ninguém quer fazer figura de parvo, os homens fingem que ouviram com os ouvidos e que entenderam com a cabeça a frase essencial que o profeta acabou de dizer.
— Exato.
— E, afinal de contas, o profeta, esperto, aproveitando as circunstâncias altamente ruidosas, só mexeu os lábios. E por isso quem ouviu o profeta na verdade não o ouviu, só viu lábios em movimento.
— E por isso?
— E por isso cada um põe na boca do profeta as palavras que imagina que ele poderia ter dito.
— É assim mesmo!
— E como é cada ouvinte que, individualmente, coloca as palavras na boca do profeta, tudo fica bem. Pois todos entendem e concordam com o que o profeta diz.
— Ou seja: eu concordo com o que eu próprio digo.
— Exato. Eis o truque do bom profeta.

— É como estar à frente do espelho e dizer: este sou eu.
— Exato.
— Ah! Então está tudo bem. Não perdi nada quando Vossa Excelência falou, é isso?
— Está tudo bem, como sempre, em dois sujeitos que se entendem como um surdo-mudo a falar para um cego.
— E vice-versa.
— Exato. Propriedade comutativa da incompreensão.
— Um surdo-mudo fala com os seus expressivos gestos para um cego e um cego explica minuciosamente o seu raciocínio para que o surdo-mudo entenda.
— Uma síntese, portanto, dos diálogos entre a minha pessoa e Vossa Excelência.
— Vossa Excelência e eu.
— Eu não o compreendo e, em compensação, em contrapartida, por oposição, etc., etc., ... Vossa Excelência também não me entende.
— Não nos entendemos com extrema exatidão.
— A combinação perfeita.

DUAS IDEIAS: PRIMEIRO, UMA; DEPOIS, A OUTRA

— Mas Vossa Excelência já entendeu: como dizíamos antes: existe a moda, que é uma ideia que passa rapidamente por muitos espaços, mas não avança no tempo. E há as outras ideias...

— ... as que percorrem espaço, sim, mas às vezes muito pouco...

— ... pois, são muito lentas...

— ... como se estivessem pesadas.

— No entanto, percorrem muito tempo. Avançam lentamente, mas são resistentes. Atletas de longa duração: eis as boas ideias.

— Passam de geração para geração.

— Preferem passar de geração para geração a passar de país para país.

— Essas, aliás, no limite, são as ideias locais. As que passam de geração para geração mas não saem do mesmo sítio, do mesmo país ou da mesma aldeia.
— Eis, portanto, dois tipos de ideias. Organizemos.
— Vou levantar os dedos.
— Isso! Levante.
— Vou levantar um dedo para mostrar a todos que vou falar da ideia 1.
— Muito bem.
— Depois levantarei dois dedos para mostrar a todos que vou dissertar sobre a ideia 2.
— Muito bem. Parece-me coerente.
— Um dedo: ideia 1. Dois dedos: ideia 2.
— E assim sucessivamente.
— Fico por aqui. Dois dedos bastam para organizar as ideias que tenho sobre as várias ideias.
— Percebi mais ou menos a ideia.
— Qual?
— Eu diria, se Vossa Excelência me permite, que para certas cabeças um dedo já é demais. Ou, dito de outra maneira, por vezes dizer *um* já é contar números a mais, já é exagerar na contagem.
— Avancemos! Levanto o braço e a mão — e, no meio da vasta mão, levanto um dedo, um dedinho, aqui vai. Ideia 1.
— 1.
— Fazendo uma síntese. Ideia 1 — há ideias que atravessam o tempo.
— Muito bem.
— Ideia 2 — há ideias que atravessam o espaço.

— Bravo!

— As ideias do tipo 1 são as ideias lentas no espaço, mas que se aguentam muito no tempo.

— Ideias com resistência aeróbia — é isso?

— Exato.

— As ideias do tipo 2 são as ideias rápidas no espaço.

— Ideias de velocista.

— Morrem em contacto com o tempo, como se o tempo fosse seu inimigo.

— Mas pense, Excelência, por exemplo, no Cristianismo, no seu itinerário, a partir de um homem. As ideias a saírem de Cristo e, a partir daí, a avançarem, lentamente, no espaço e no tempo. Eis o itinerário de uma ideia forte.

— Se podemos pensar no itinerário de uma ideia então podemos fazer mapas do percurso de uma ideia.

— Claro.

— Há ideias que avançam pelo espaço a pé, outras vão a cavalo, outras de comboio ou avião. Cada ideia tem o seu meio de transporte, tem a sua velocidade média de andamento.

— Quilómetros/hora, metros/hora ou centímetros/hora. Ou quilómetros por século.

— Quantos quilómetros/século percorre uma ideia? Eis uma boa pergunta.

— Há ideias com o ritmo mensurável em... metros/hora.

— E há ideias com o ritmo de quilómetros/hora.

— São as ideias populares.
— Quilómetros/século... eis uma boa forma de medir a velocidade de uma grande ideia.
— Também me parece bem.
— E por falar nisso, Vossa Excelência tem horas?
— Nunca! O meu tempo é outro, meu caro.
— Claro, entendo perfeitamente.

DIÁLOGO SOBRE IDEIAS, METROS QUADRADOS E PLANEAMENTO

— E ainda, por exemplo, uma ideia que não muda de espaço, não circula, mas passa para a geração seguinte na mesma casa. Ou seja, a ideia a passar de pai para filho, como um segredo... Esta ideia não sai daqui, diz o pai ao filho. Não quero que esta ideia percorra espaço, quero apenas que esta ideia percorra tempo. Quero que transmitas, daqui a uns anos, este segredo ao teu filho e que o teu filho o transmita ao seu futuro filho, e assim sucessivamente.

— Um segredo familiar como herança.

— Eis o que estou a colocar no mundo, diria esse pai: uma ideia que resiste ao tempo. Terá validade por muitas gerações, por séculos, mas só aqui neste espaço, nesta casa.

— Uma ideia que só tem validade naqueles cem metros quadrados.

— Pois, sim, mas o que eu proponho, Excelência, é o seguinte: uma ideia por metro quadrado! Eis o lema que se exige a este século. Mais: eis o que se exige a cada pessoa que habite um metro quadrado. Uma ideia por metro quadrado!

— Bravo!

— Comprar um apartamento de cem metros quadrados, que imprudência...

— Outra questão: alugar um apartamento versus alugar ideias.

— A questão é: como se aluga uma ideia?

— Alugar uma ideia é utilizá-la durante um tempo e depois passá-la a outro — que outros a utilizem durante um certo período em troca de uma renda. Depois terão de a devolver.

— Em vez de alugar casas, alugar ideias. Eis uma solução para quem é desprovido de metros quadrados próprios e materiais.

— Quem não tiver metros quadrados nem ideias está, portanto, arrumado.

— Exatamente. E é justo.

— Pois bem, mas coloquemos questões políticas relevantes.

— Coloquemos.

— Pergunta 1.

— Um.

— Como se planeia?

— Olhando para a frente.

— Pergunta 2.
— Dois.
— Como se estuda a história do mundo, do passado?
— Olhando para trás.
— Pergunta 3.
— Três.
— Como se planeia o passado?
— Como?
— Estava a brincar. Estava a ver se Vossa Excelência estava atento.
— Sim, mas essa é uma questão bem relevante, Excelência.
— Qual?
— A questão de planear a História. Planear, projetar, programar o dia de ontem, a semana anterior, o século passado.
— Planear a História?
— Como se planeia o passado? — uma das grandes questões políticas.
— Bem presente nos ditadores.
— Exato. Planear o passado é agir sobre o passado — e isso é possível, claro, sem viagens de ficção científica.
— Já que não podemos controlar o dia de amanhã, nem sequer o dia de hoje, passemos a controlar...
— ... o dia de ontem!
— Sim, por exemplo. Não sou político, mas acabo de decidir o seguinte: hoje vou planear a véspera!
— Assim sim, o verdadeiro planeamento exato.

— Planear a véspera para não correr o risco de ter surpresas.

— Eu diria que há países — e homens bípedes, perdoe-me a expressão — que são até incapazes de planear a véspera.

— Um país que planeia o ano anterior, um país que em 2018 planeia o ano de 2017 e... mesmo assim... falha!

— Eis o desastre.

— Em que país está a pensar?

— Ah, meu caro, meu caro. Não falemos em nomes, não falemos em nomes!

OS MAPAS CERTOS E AS CIDADES ERRADAS — E VICE-VERSA

— Eis, pois, o que me parece interessante.
— Pois é.
— Um homem perder um mapa.
— Sim.
— E depois andar por uma cidade inteira...
— Sim?
— A tentar encontrar o mapa dessa cidade.
— Oh!
— Por exemplo, uma família está numa cidade desconhecida e perde o mapa logo nos primeiros minutos e depois o que acontece é que não vê nada da cidade durante três dias porque passa os três dias a olhar para o chão a tentar encontrar esse papel, esse mapa, que lhe dirá como se deve orientar na cidade.

— No fundo, eis uma metáfora.

— Exato. Estar vivo é estar perdido a procurar o mapa que nos orienta na vida e assim sucessivamente e etc. e etc.

— Ok.

— Há também outra hipótese.

— Outra? Avance.

— Um homem está numa cidade e orienta-se pelo mapa de outra cidade.

— Sim?

— E esta é uma forma original de estar perdido: orientamo-nos por um mapa, de um modo escrupuloso e sem desvios...

— Isso!

— ... porém o mapa é um mapa errado. É de uma cidade que está no outro lado do mundo. Penso que quem andar assim pelas cidades descobrirá os mais fabulosos recantos e segredos...

— Eis, pois, uma recomendação de Vossa Excelência: utilizar, por exemplo, o mapa de Atenas em Berlim. É isso?

— Exato. Só assim se encontrará o que ninguém encontra.

— Eis, então, uma metodologia: baralhar mapas como se fossem cartas e entregá-los aos viajantes.

— Fazer um jogo.

— Um homem de olhos vendados baralha mapas e entrega um mapa a cada viajante que já está de mochila às costas. O viajante é levado, também de olhos vendados, para uma cidade. Depois tiram-lhe a venda e ali está ele diante de uma cidade real e com um mapa aleatório nas mãos.

— Um estimulante jogo turístico.

— Mas se pensarmos na História do mundo e nas tragédias particulares, poderemos pensar que muitos ditadores e muitas desgraças aconteceram por causa disto.

— De quê, Excelência?

— Um ditador com o mapa de uma qualquer cidade nas mãos, olha para a cidade real e concreta que tem à sua frente e diz aos engenheiros...

— Sim?

— Transformem esta cidade real na cidade que está representada neste mapa!

— Oh!

— E assim começam demolições e desgraças.

— É um dos começos, Excelência, isso é verdade. É um dos começos.

UMA DOR LEVE, UM PENSAMENTO PROFUNDO

— É assim que gosto de pensar, repare.
(Silêncio total. Um não diz nada, o outro nada diz; tenta apenas reparar na cara do primeiro.)
— Vossa Excelência viu?
— Uma forma estranha de colocar a boca, os olhos, as sobrancelhas e a testa.
— Exato. Mas isso do lado de fora.
— O que muda é apenas a posição relativa dos elementos da cara. Eis como Vossa Excelência pensa. Vou imitá-lo.
(Imita-o.)
— É, de facto... é assim mesmo.
— Estão todos os elementos da cara — boca, olhos, bochechas, nariz, orelhas — mas com uma ten-

são diferente. Como se estivessem a ser atacados por dentro!, louvado seja o senhor.

— É isso mesmo. A cara de quem pensa parece estar a sofrer um ataque interno.

— ... realmente...

— ... é mesmo muito semelhante a uma cara que esteja a sofrer. Ou seja...

— Ou seja?...

— Vossa Excelência franze a testa e não sabemos se, por dentro da cabeça, está em profundos raciocínios ou simplesmente a dizer ai!

— Eis um dilema sério.

— Há também uma outra questão.

— Diga?

— Mesmo assumindo que se sabe que Vossa Excelência está a pensar e não a sofrer, para quem vê de fora, o rosto de quem está a pensar numa banalidade é exatamente igual ao rosto de quem está a descobrir finalmente algo que o mundo inteligente procura há séculos.

— Que horror!

— Exatamente — que horror! Pensar que podemos ter a mesma face quando estamos a descobrir pela primeira vez que $E=mC^2$ ou quando constatamos: hoje está frio... Eis o que é desolador.

— Muito desolador.

— O ser humano deveria mudar por completo não apenas a sua fisionomia, mas até a sua fisiologia, no momento em que pensa sobre questões importantes.

— Eventualmente a sua cabeça deveria aumentar de tamanho...

— Exato.

— Passar, por exemplo, para o dobro do tamanho quando pensa em algo importante.

— E diminuir para metade do tamanho quando pensa em algo irrelevante.

— Eis uma solução.

— Seria aliás interessante, insisto, que a cabeça de alguém, o seu tamanho medido com fita métrica bem exata, dependesse disso mesmo — da qualidade média dos seus pensamentos.

— Oh!

— Uma cabeça pequena... uma cabeça pequeníssima...

— ... seria a consequência da qualidade média dos seus pensamentos.

— Pela anatomia exterior teríamos de imediato uma percepção da qualidade da vida mental da pessoa com quem nos cruzávamos. Uma espécie de biografia mental explícita.

— Tudo assim estaria mais claro.

— Bem mais claro, sim.

DEDOS QUE SE ORIENTAM, OBJETOS QUE CRESCEM

— Eis o que lhe digo, Excelência. Assisti a uma conversa entre um homem enorme e um homem baixo. O homem alto falava baixinho. O homem baixo falava muito alto. Formava-se assim, de certa maneira, um equilíbrio estranho, uma espécie de média. Os dois homens entendiam-se. Estranho, não?

— Sim, estranho, mas o assunto aqui é outro. O dedo é uma coisa que pensa, Excelência.

— Uma coisa com sangue, pele e células pensa sempre. Ou não?

— O dedo é uma coisa que pensa, ao contrário de um objeto, por exemplo.

— E os objetos, repare, Excelência, têm uma característica que os distingue dos animais, dos humanos e das plantas.

— Pois, diga lá.
— Os objetos não crescem!
— Não crescem.
— São colocados no mundo e ali ficam: meio parvos e tontos a ver o que lhes acontece.
— É certo: não crescem, mantêm-se ou degradam-se.
— Não crescem nem envelhecem.
— Embora...
— Embora?
— Embora a degradação de um objeto possa ser comparada ao envelhecimento de um corpo... Ou não?
— Um objeto não nasce, não cresce, não envelhece e não morre. Ponto final.
— Ok, Excelência.
— Um objeto é feito — e feito fica.
— O que faz falta, portanto, é produzir um objeto que cresça.
— Um objeto-animal...
— Que vá sempre mudando de dimensão até ser adulto.
— Pois sim. É difícil, portanto, pensarmos no cadáver de um objeto, mas tal é possível.
— Pensar no cheiro que vem do cadáver de um objeto.
— Sim.
— Um objeto orgânico, eis o que é necessário introduzir no mundo.
— Um objeto que sofra.

— Um objeto com rosto.

— Que se perceba pela sua fisionomia se está contente ou entediado!

— Um objeto que não seja neutro!

— Um objeto que ladre!

— Isso, uma bela referência, Excelência: um objeto que ladre.

— Mas, meu caro, voltemos atrás.

— Voltemos.

— Vossa Excelência — ou era eu? — Bem, alguém falava nos dedos que pensam.

— Sim. Nos dedos que, por vezes, se orientam como se tivessem uma bússola incorporada.

— Por exemplo, podemos pensar nos dedos que se orientam através da roupa de um corpo que querem despir.

— Uma orientação pragmática, mas também: uma orientação excitada.

— Os dedos sabem onde estão os restantes botões da camisa. Se para cima, se para baixo. E isto é um exemplo de capacidade de orientação, que não deixa de ser orientação espacial. Os dedos têm uma bússola, não perdem o norte.

— Dedos, portanto, que se orientam no corpo alheio como alguém se orienta numa cidade.

— Por onde avanço, eis sempre a questão.

— Pois, eis a questão.

— Repare que a orientação numa cidade ou num mapa é um processo executado pelos olhos: os olhos percorrem um espaço antes de os pés o fazerem; e, diante de um mapa, os dedos também percorrem o espaço antes dos pés.

— O dedo aponta: por ali! — e por ali vamos.

— Portanto, no escuro, quando se despe a roupa, própria ou alheia, os dedos têm uma bússola que os orienta.

— Digamos que os dedos, nas situações menos claras, conseguem encontrar sempre uma saída, uma solução.

— Bravo! Eis a forma poética de descrever a orientação das mãos no ato de despir alguém com grande rapidez, avidez e pouca vergonha.

— Exatamente. A linguagem está aqui para isso. Para tornar tudo mais belo, mesmo o que é feito no escuro.

— Ainda bem que nos entendemos.

— Ainda bem, sim, Excelência.

SOBRE A UTILIDADE DA VISÃO

— Está a ver o Bem?
— Eu? Daqui não. E Vossa Excelência?
— Daqui também não.
— Quer experimentar subir às minhas cavalitas?
— Ok. *(Sobe às cavalitas do outro.)*
— Agora? *(Pergunta o que está em baixo.)*
— Agora o quê?
— Consegue... ver? O Bem?
— Não vejo o Bem em lado nenhum.
— Tente fechar os olhos.
— Fechar os olhos?
— Sim. Fechar os olhos.
— Ok. Aqui vai. *(Fecha os olhos.)*
— E agora? Vê?

— Agora não vejo mesmo nada; nada, nada mesmo.
— Ok. Trocamos.
— Posso abrir os olhos?
— Pode.
— Vamos então a essa troca.
— Eu abro os olhos e você fecha-os.
— Não. Eu subo para as suas cavalitas.
— Ok. Vamos então a isso. *(O outro sobe às cavalitas.)*
— E agora? *(Pergunta quem está em baixo.)*
— E agora o quê?
— Consegue ver o Bem?
— O Bem? Não. Nada.
— Lá está. Não se vê nada.
— E você aí em baixo?
— Eu. Eu, o quê?
— Também não vê nada?
— Em baixo? Não. E doem-me as costas.
— Ok. Vou descer. *(Entra um terceiro homem.)*
— Que estão a tentar fazer? A subir às cavalitas um do outro?
— Sim.
— Estão a brincar?
— Não. Bem pelo contrário. Estamos concentrados no mais sério que há no mundo.
— Estamos a tentar ver o Bem.
— O Bem?
— Sim. *(O terceiro homem olha para o horizonte.)*
— Não vejo nada.

— Nem eu.
— Nem eu.
— Somos três.
— Mas no entanto *(diz o terceiro homem)*... lá ao fundo... qualquer coisa...
— O quê?
— Vejo uma árvore, um cão, uma criança a andar de bicicleta, erva, uma casa...
— Não se vê o Bem como se vê uma simples construção de engenharia.
— Não se vê sequer o Bem como uma estaca de um metro espetada no solo. Eis o que é.
— Um disparate, a visão.
— Vemos o inútil, eu diria. Casa, cão, criança a brincar. E o essencial? Nada.
— Não vemos.
— A visão, de facto, não serve.
— Talvez a audição.
— Talvez.
— Está a ouvir alguma coisa?
— Eu? Eu não.
— Nem eu.

COMO ESCUTAR O BEM, COMO DETECTAR O MAL

— Sei que o Mal tem som. Isso é evidente. Quer ouvi-lo?
— Sim. Mas posso ouvir?
— Claro que pode.
— Não fico mau se ouvir o som do Mal?
— Não, claro que não. *(Ele tira o rádio do bolso, põe o pequeno rádio no ouvido do outro.)*
— Está a ouvir?
— Estou. Este é o som do Mal?
— É. Não se percebe logo?
— O som do Mal...? ... ou apenas um som péssimo? Má música, em suma.
— Talvez o rádio não esteja bem sintonizado.

— Que disparate. Estou a ouvir perfeitamente. Distingo o Dó do Ré. E assim por diante. A questão não é essa.
— Não?
— A questão é que este rádio está sintonizado na orquestra do diabo.
— Que expressão terrível e, ao mesmo tempo, bela. O diabo tem orquestra? Tem um conjunto musical?
— Tem, claro que tem. Ouça isto. *(O outro põe o rádio no ouvido. Demora uns segundos.)*
— Sim, é verdade. Estes músicos deveriam ser presos. Não por razões estéticas, mas por razões éticas.
— Exato.
— Quem toca assim, tão desacertadamente, introduz a maldade no mundo.
— É o que me parece.
— E haverá uma orquestra de santos?
— Uma orquestra de santos?
— Sim, uma orquestra da bondade? Há isso?
— Talvez exista, mas não conheço. Há solistas. Um santo aqui, outro acolá. E cada um no seu canto. Quer se fale de canto físico, quer se fale de canto sonoro. Cada um está no seu espaço a cantar a sua canção. São santos, mas pouco sociáveis.
— Compreendo.
— Há, portanto, um som do Bem.
— Sim.
— Mas ouve-se mal, desculpe-me a expressão, porque é uma vozinha aqui, outra acolá. Um *Dó Ré Mi* aqui, outro *Dó Ré Mi* acolá.

— Exato.

— Enquanto o mal, pelo contrário, organiza-se. As suas vozes juntam-se. Os seus instrumentos de corda aproximam-se, os tambores, os metais. Enfim, tudo se concilia harmoniosamente. Gostam de estar juntinhos, os músicos Maus.

— Ouça isto. *(Passa-lhe de novo o rádio para o ouvido. O outro escuta um pouco e depois faz uma cara de repulsa.)*

— Que horror. Que som é este!? Como é possível?!!
— Chamam-lhe modernidade.
— Modernidade?
— Sim. Modernidade.
— Ah, meu caro, que tempos estes!
— Sim, que tempos...
— Em que chegamos a ter saudades do Mal antigo.
— Do som que o Mal antigo fazia.
— Era um som com melodia, pelo menos.
— Sim, a maldade antiga era harmoniosa, mais ou menos simétrica...
— ... como uma casa bem organizada. E não isto *(e aponta para o rádio).*
— Desligo o rádio?
— Sim. Desligue-o com este martelo. Desligue-o cem vezes seguidas com este martelo. Eis a única forma de terminar com o som moderno. Com o som do Mal.
— Com um martelo?
— Sim, com um martelo.
— E o som do martelo a destruir, a despedaçar o rádio?

— O que tem?

— O som do martelo a destruir. É o som do Bem?

— Se está a calar o som do Mal é porque é o som do Bem. É evidente.

— Sim, o martelo. *(Escutam-se dez, onze, doze marteladas.)*

— Um som justo, não?

— Um som mais que justo, meu caro, mais que justo.

O BEM, O MAL E A
IMPORTÂNCIA DA BELEZA

— Tenho aqui um prato com uma bela comida.
— Bela mas com mau sabor!
— A questão é outra, Excelência.
— Diga lá qual é a questão?
— Vossa Excelência tem paladar para sentir o Bem? Olfacto? Cheira-me que aqui está o Bem, que aqui está a verdade? Poderá dizer isto? Eis a questão.
— Essa ideia antiga de que o Mal cheira de forma fedorenta é uma ilusão perigosa, meu caro, como bem sabemos. Não é verdade?
— O cheiro do enxofre como vestígio da presença do diabo, eis como nos enganam. A mim e a si.
— Se o Mal fosse visivelmente feio, soasse terrivelmente aos ouvidos, tivesse um paladar péssimo, de vómito, cheirasse mal e queimasse os dedos, se

todas as qualidades físicas do Mal fossem, digamos assim, antipáticas... então ninguém se aproximaria dele. Seríamos todos bonzinhos, santos e santas, filas de santos a querer fazer uma bondade.

— Haveria mais santos na terra do que bondades para serem feitas.

— É isso, meu caro!

— Santos em fila indiana, de comprimento gigantesco, a preencherem formulários para se candidatarem a um ato bondoso. Filas como as dos desempregados.

— Meu caro, não falemos disso!

— Não há trabalhos bondosos para todos os santos do mundo, eis o que se diria, nessa altura. E seria uma frase acertada.

— Mas a vida não é assim.

— Não é.

— A cozinha do Mal, por vezes, cheira maravilhosamente!

— Sim, é verdade!

— E o Mal por vezes veste de forma impecável e move-se com os gestos certos. Se fosse um quadro seria um quadro belo, algo que nos faria agradecer o facto de termos olhos.

— Ou seja...

— Ou seja... por vezes o Mal tem um aspecto impecável.

— A mais bela paisagem, o tranquilo rio, a neve ao longe na montanha, os pássaros nas suas sinfonias exatas, os peixinhos...

— Que bonito!

— ... os passarinhos, os gatinhos, a montanha grande, o rio calmo, o céu limpo, enfim, eis a belíssima e pacata paisagem a preparar já a sua...

— A minha?

— ... decapitação.

— Não nos deixemos enganar pelos olhos, Excelência.

— Porque o Mal é bonito.

— E não nos deixemos enganar pelo nariz.

— Porque o Mal cheira bem.

— Nem pelas papilas gustativas.

— O Mal sabe como um petisco da avó.

— Nem pelo tato.

— O Mal parece um corpo dócil que encaixa exatamente na ansiedade da tua mão.

— Isso. Bela expressão... Mas se é assim, caríssima Vossa Excelência, se é assim... como podemos distinguir o Bem do Mal? Se eles podem ter o mesmo aspecto físico — se podem ser ambos belos ou ambos feios... Como os distinguir?

— Excelência, a resposta é: não sei.

— Uma resposta clara. Não sei.

— Não sei de uma forma clara.

— Ou seja: claramente não sabe. É isso?

— É isso.

— De qualquer maneira eu por mim preferia, pelo menos, um mundo em que o Bem e o Mal fossem ambos bonitos.

— Os dois?

— Podermos não os distinguir, sim, mas porque competiam na beleza e não na fealdade.

— Que o Mal prossiga no mundo, diz Vossa Excelência, e faça o que tem a fazer — mas de uma forma bonita, com gestos elegantes, com rostos atraentes.

— Isso mesmo. O Mal praticado pelos belos sobre a paisagem bela deve ser perdoado, eis o que a Minha Excelência diz. Ou é Vossa Excelência que o diz? Já não sei.

— Eu digo que a vida não deve dar atenção apenas ao nosso coração ético. Que a vida é também cor e forma — e harmonia entre cores e formas.

— E portanto...

— E portanto: se o Mal tem de existir, se não há remédio, se nem em milénios houve remédio, então, pelo menos, que seja um Mal que faça bem à vista, como toda a beleza faz.

— Um Mal belo — e nós como espectadores. Que horror, não?!

— Um Mal feio — e nós como espectadores. Isso, sim, seria o horror maior!!

— Eis, pois, o mundo possível: um mundo que não é melhor eticamente, mas que é melhor...

— Esteticamente.

— Uma solução provisória, claro.

— Claro que sim. Provisória.

ENTRAR, SAIR; SAIR, ENTRAR — CONTAR O TEMPO

— Entro para fora, eis uma técnica que aperfeiçoei depois de muitos anos de treino físico exigente.
— Vossa Excelência entra para fora, é isso?
— Entro muito bem para fora, se me permite dizê-lo.
— Bravo!
— Entro para fora e, depois, no regresso, no sentido contrário portanto, saio para dentro. Dois movimentos, dois.
— E parecem dois movimentos aliciantes, se Vossa Excelência me permite esta expressão.
— São, sim. Aliciantes movimentos.
— De qualquer maneira, podemos pensar sobre esses dois movimentos estranhos.
— Podemos.

— E podemos pensar logicamente.

— Podemos pensar logicamente, sim, mas há outra maneira de pensar?

— Sim, ok: Vossa Excelência tem razão. Mas o que proponho não é que se pense ilogicamente sobre uma coisa lógica, mas sim que se pense logicamente sobre uma coisa ilógica.

— Isso já me parece possível.

— Então aqui vai: se és nómada e vives ao ar livre, quando sais para fora do teu mundo normal entras para dentro de casa, correto?

— Está certo, é bem verdade, está correto, exato e assim por diante, Vossa Excelência.

— Sair — neste caso — é entrar em casa. Portanto, essa tal pessoa sai para dentro, correto?

— Ok. De qualquer maneira, eu já contei a Vossa Excelência aquela história?

— Qual?

— Uma tradição das famílias ciganas... Quando uma carroça com uma família chega a um cruzamento e decide virar à esquerda, por exemplo, o chefe dessa carroça deixa uma marca na estrada para onde viraram — uma maçã.

— Uma maçã? É essa a marca?

— Sim. Essa maçã é um sinal para as carroças que vêm atrás. Por vezes carroças com elementos da mesma família podem chegar àquele cruzamento horas, dias ou mesmo semanas depois.

— Sim...? E a maçã?

— A maçã é uma marca espacial e temporal.

— Temporal, espacial...
— Sim. Marca espacial, isso é evidente — as carroças que vêm atrás, pela marca, sabem para onde a carroça anterior virou.
— E marca temporal?
— Pela degradação da maçã sabe-se há quanto tempo a carroça passou por ali.
— Bravo! Daí a maçã.
— É completamente diferente de uma pedra.
— Se a marca fosse uma pedra... não passaria informações temporais.
— Uma marca orgânica tem, pois, esta vantagem: pela degradação, apodrecimento, etc., podemos perceber o tempo que passou.
— A maçã mede o tempo tal como um relógio, é isso, Vossa Excelência?
— Mais ou menos. Talvez uma maçã não seja tão exata.
— A maçã não tem cronómetro, não mede os segundos.
— Uma maçã é portanto um relógio sem segundos nem minutos.
— Nem horas!
— É impossível medir as horas pela degradação de uma maçã!
— Mas pode medir os dias, o que já não é mau.
— A natureza tem um ritmo, tem uma velocidade.
— Habituámo-nos a ver o tempo pelo relógio, pelo relógio artificial, e deixámos de olhar para o sol, que tem uma precisão instintiva.

— E ignoramos ainda, por completo, outros meios naturais de medir o tempo.
— Como a degradação da maçã.
— Ou o crescimento de uma planta.
— Desculpe-me. Aí Vossa Excelência exagera: só os loucos medem o tempo pelo crescimento de uma planta.
— Eu corrigiria: só os homens pacientes! Os santos, os sábios...
— ... os jardineiros.
— E já que fala disso, seria importante pensar nessa obsessão pelo tempo que inventou os segundos que não existem na natureza.
— Tem Vossa Excelência a certeza de que os segundos não existem na natureza? Não me parece... o rio muda de posição a cada segundo, a cada microssegundo, eu diria...
— Talvez Vossa Excelência tenha razão.
— O rio, Vossa Excelência repare, não assinala apenas cada segundo que passa, apanha ainda os intervalos entre cada segundo. Entre um segundo e o segundo seguinte existe tempo, embora minúsculo — e é esse tempo que até o cronómetro mais rigoroso não apanha.
— Ou seja, conclusão...?
— Ou seja: a natureza, afinal, é mais obcecada pelo tempo do que o humano que mede, com o cronómetro, os centésimos de segundo que um atleta faz nos cem metros.

— É a conclusão de Vossa Excelência? É assim que pretende, portanto, sair desta conversa?

— Não, nada disso. Vou sair desta conversa entrando noutra. É a única maneira.

— Vai, de novo, portanto, sair para dentro — é isso?

— Exato. Vejo que Vossa Excelência percebeu tudo, desde o início.

COMO RELATAR UMA EXPERIÊNCIA DOLOROSA

— Vou contar a Vossa Excelência a dor que senti.
— Pois bem. Estou com os ouvidos ligados, se assim se pode dizer.
— Traduzir o que se sente em palavras, eis o difícil, não lhe parece? Porque sentir não é propriedade de nenhuma língua em particular. Não se sente em português, inglês ou sueco. Sente-se com essa coisa a que chamamos corpo. E o corpo move-se: para a frente, para trás, para cima, para baixo. E também por dentro. Um corpo imóvel de um ser vivo — já pensou nisso? — não para de se mexer por dentro. O homem que está completamente parado exteriormente, por dentro está uma balbúrdia. Por dentro é uma feira.

— Pois, mas vamos lá... Explique-me então o que Vossa Excelência sentiu há pouco. A tal dor.
— Pois bem, eu senti isto. *(E belisca o outro.)*
— Au! Vossa Excelência beliscou-me!
— Exato. Foi isso que eu senti.
— Mas Vossa Excelência disse que me ia contar o que sentiu.
— Sim, mas não tinha palavras com precisão e exatidão suficientes. Tive de o beliscar pois foi isso que me aconteceu há pouco. Beliscaram-me. Era isto que eu lhe queria contar.
— Doeu, sabe?
— Sei.
— É a primeira vez que o relato de alguém me dói assim, tão fisicamente.
— É natural, belisquei-lhe o braço. Mas Vossa Excelência, está a ver? Consegui transmitir-lhe a minha experiência de uma forma bem exata. Não é nada fácil.
— Portanto, Vossa Excelência com esse beliscão quis dizer-me que o beliscaram, é isso?
— É isso.
— Não poderia ter-me dito simplesmente: BELISCARAM-ME?
— Se eu dissesse isso Vossa Excelência não ouvia. Ou melhor: não entendia. Foi preciso beliscar Vossa Excelência para Vossa Excelência perceber alguma coisa sobre esta coisa complexa que é a dor que se sente quando se é beliscado. Repare, apure bem os ouvidos. Se eu lhe disser ao ouvido, como um segre-

do... muito muito perto dos seus ouvidos sensíveis... se eu lhe disser... *(E grita.)*

BELISCARAM-ME!

Vossa Excelência, seja sincera: sente alguma dor, sente?

— Nos tímpanos, sim, um pouco. Vossa Excelência gritou-me ao ouvido. É natural que eles me doam.

— Lá está: sentiu dor no sítio errado. Quando me beliscaram o braço eu senti dor no braço. Por isso, para lhe relatar com exatidão a minha experiência — a de me terem beliscado o braço —, eu deveria causar a Vossa Excelência dor no braço e não dor nos ouvidos. Correto?

— A verdade é que o seu grito aos meus ouvidos continua a fazer-me doer os tímpanos. Onde arranjou Vossa Excelência essa voz de barítono ferido?

— Deixemos a minha voz. Como Vossa Excelência vê: mesmo que eu lhe gritasse ao ouvido, isto... aqui vai... *(Grita-lhe ao ouvido de novo.)*

VOCÊ AGORA VAI SENTIR DOR NO BRAÇO!!!

— Que violência! *(Protesta ele com as mãos ainda nos ouvidos e com um esgar de dor).* Que grito violento!

— Sim, é uma violência, reconheço. Mas mesmo que eu lhe grite. *(Grita de novo.)*

VOSSA EXCELÊNCIA AGORA VAI SENTIR DOR NO BRAÇO!!!

Mesmo que eu lhe grite isto, Vossa Excelência não vai sentir dor no braço, mas sim nos tímpanos. Por causa do grito. Percebe o problema? *(A outra Ex-*

celência, entretanto, está de joelhos, a tentar recuperar da dor nos tímpanos. Enquanto recupera, o primeiro continua.)

Deixe-me então dizer-lhe o seguinte, enquanto Vossa Excelência recupera: se eu quero que Vossa Excelência perceba a dor que eu senti quando me beliscaram não adianta relatar a minha experiência de dor. Falar mais alto, gritar, não resolve. Preciso mesmo de beliscar Vossa Excelência para que Vossa Excelência perceba a dor que eu senti quando me beliscaram. Entende?

— Mais do que entendo, caríssima Vossa Excelência. Mais do que entendo, dói-me à brava! O braço, os tímpanos, etc. Uma dor geral.

— Quer então que lhe conte mais alguma coisa?

— Deixe estar. Talvez noutro dia.

AMOR E MORTE, A IMPOSSIBILIDADE DE TRANSMISSÃO POR VIA AÉREA

— Falar é muito importante, não lhe parece?
— Sim.
— E também sim. Dos dois lados sim, digamos.
— Dos dois lados?
— Eu explico: eis a importância do diálogo. Eu transmito informações a Vossa Excelência e Vossa Excelência ouve. Depois trocamos de posições, isto é: de órgãos. Ou seja, de sentidos.
— Que complexidade!
— Mas é mesmo assim. Um diálogo entre duas pessoas não é um processo simples. Eu transmito informações a Vossa Excelência e Vossa Excelência

ouve. E depois — ou até ao mesmo tempo (veja bem a dificuldade!) —, Vossa Excelência transmite informações por via aérea e vocal e eu ouço, por via dos ouvidos, se me permite a expressão. E depois eu, e depois Vossa Excelência, eu, Vossa Excelência. Vossa Excelência, eu. E assim se passa uma boa tarde. Como num jogo de pingue-pongue.

— De qualquer maneira, há acontecimentos que são impossíveis de transmitir, mesmo para mestres do diálogo como Vossa Excelência e eu próprio, aqui presentes.

— Por exemplo?
— A própria morte.
— Hum...
— Vossa Excelência pode transmitir que cortaram a cabeça a alguém, mas não pode transmitir que lhe cortaram a cabeça a si, especificamente... Não é verdade?

— Parece-me óbvio. Incapacidade fisiológica para o diálogo coerente, eis como se poderia descrever a situação.

— Posso transmitir a Vossa Excelência tudo, tudo mesmo, por argumentação longa ou por beliscão breve. Agora, para lhe transmitir a forma como morri... isso já não dá.

— Já irá tarde para isso, digamos.
— Estou a imaginar um homem que fosse tão rápido que...
— ... conseguisse transmitir a surpreendente forma como morreu antes de morrer, é isso?

— É isso.

— Tal seria uma rapidez demasiado rápida, se me permite esta expressão.

— Pois. Mas falemos também sobre a experiência amorosa.

— Sou todo ouvidos.

— Pensa Vossa Excelência ser possível transmitir, verbalmente, a outra pessoa o que se sente quando se está apaixonado?

— Não sei, mas Vossa Excelência tente.

— Pois bem, eis a síntese de um estado de paixão: quando se está apaixonado o coração bate mais rápido e mais lento, mas não consecutivamente: ao mesmo tempo.

— O que é impossível, dirão os médicos.

— Ou seja, o seu coração parece que está a acelerar a lentidão.

— Exato. Acelera quando para.

— Para, mas para rapidamente!

— Eis o coração do apaixonado. Para a grande velocidade. E acelera no mesmo sítio.

— Muito bem: é uma forma de descrever a coisa.

— E não é só o coração. Há países com esse ritmo.

— Sim?

— Sim, sim, sim.

— Países que estão imobilizados a grande velocidade?

— Países que estão imobilizados a grande velocidade.

— Oh diabo!

— Esse mesmo. Esse mesmo, esse, exatamente esse!
— Oh diabo, oh diabo!

OS JOGOS OLÍMPICOS DA NATUREZA

— O rio e um atleta de cem metros não correm da mesma maneira.

— Meu caro, você é um observador!

— Na verdade, como comparar a velocidade de um rio e a velocidade de um atleta de cem metros?

— Sim, como?

— Pensar, por exemplo, num rio bravo, num rio a meio de um desassossego, no meio de uma tempestade... e medir a sua velocidade; a velocidade, por exemplo, a que se desloca um galho de madeira arrastado pela corrente; pegar no cronómetro e medir o tempo que o galho, levado pela corrente, demora a percorrer cem metros.

— Desculpe-me, mas um rio... não tem cem metros em linha reta, os rios não são assim tão bem-comportados.

— Isso é verdade... Mas seria mesmo interessante fazer uma competição entre a velocidade do melhor corredor de cem metros e a velocidade da corrente de um rio.

— Pelas minhas contas, a natureza é sempre mais rápida. Ou não?

— Isso não sei... sei que assim poderíamos chegar a uma nova forma de definir as tragédias naturais. Vossa Excelência está preparada para a minha definição de tragédia natural? É muito complexa...

— Sim, estou. De olhos e ouvidos bem abertos.

— Então aqui vai: as tragédias naturais acontecem quando a velocidade da natureza é maior do que a velocidade de um atleta de cem metros. Tanã!! Aqui está! Não lhe parece uma definição ajuizada?

— Sim, bela definição.

— Terrível definição!, eu diria. Terrível mesmo.

— Então porquê?

— Porque tal quer dizer que só suportamos a natureza quando ela está calma e lenta. A velocidade da natureza, a aceleração da natureza é sempre um ataque ao Homem.

— Vossa Excelência tem razão!

— É como se o homem dissesse à tempestade, ao vulcão em erupção, ao rio que saiu das margens, à avalanche: mais devagar!, por favor, mais devagar.

— O homem não diz, pede, de joelhos, à natureza: mais devagar, por favor. É um pedido.
— Eu, portanto, diria do alto da minha sabedoria...
— Bravo, bela rima.
— ... eu portanto diria que há uma velocidade média da natureza que o homem tolera, acima disso não!
— Velocidade média da natureza... bela expressão.
— O Homem é um elemento da natureza, verdade?
— Verdade.
— Que domina por completo a natureza mas apenas...
— ... mas apenas?
— ... apenas quando a natureza não ultrapassa a sua velocidade média; não ultrapassa os limites da velocidade.
— Exato.
— Talvez pudéssemos pensar em sinais de trânsito para os elementos naturais: aqui, nesta zona, o rio não pode ultrapassar os cinquenta quilómetros por hora, ali os sessenta são o limite, etc., etc. Bem, mas não resultaria. A natureza, digamos assim, não é obediente.
— De uma forma geral eu diria a Vossa Excelência que devemos ter medo, muito medo, quando o rio corre mais rápido que o mais rápido dos homens.
— Sim, é isso mesmo.
— E Vossa Excelência repare ainda: podíamos pensar nuns Jogos Olímpicos da Natureza: saltar, correr, lançar... a natureza também faz isso. A natu-

reza por si só também lança pesos... as pedras expulsas pelo vulcão, as avalanches...

— Também salta, também corre, também combate.

— Enfim: mais alto, mais longe, mais rápido, mais forte. Eis o que a natureza nos está sempre a dizer. O lema dos Jogos Olímpicos inspirou-se nos elementos naturais.

— Meu caro, chegámos então a conclusões importantes — mas está a começar a chover.

— Corremos então?

— Sim! E que a chuva não caia com mais velocidade do que a nossa corrida. Eis um pedido.

— É isso. Para não ficarmos molhados. Não é uma tragédia, mas constipa.

— Corremos?

— Corremos!

A AMIZADE COMO ATIVIDADE ATLÉTICA

— Mas há ainda uma questão completamente diferente: como ensinamos os meninos?
— Os meninos? Os seres humanos no estado irrequieto?
— Sim, esses mesmos.
— Estou curioso.
— Ensinamos assim — eu explico: primeiro é preciso amarrá-los à cadeira.
— Amarrar?
— Para ouvirmos é necessário não nos mexermos demasiado: quanto mais te mexes, menos ouves.
— Se é assim, um atleta de cem metros escuta pior do que um atleta da maratona. É isso?

— Exato. Surdez igual a velocidade, eis uma fórmula da física do dia a dia, da física instintiva, se assim se pode designar uma ciência. Física instintiva. Sei que é assim, mas não tenho nenhuma fórmula que o justifique.
— Mas sim, Vossa Excelência tem razão. Excessiva velocidade a passar diante das coisas é igual a surdez. Uma fórmula fundamental, definitiva.
— Podes não ser surdo, mas se aceleras deixas de ouvir.
— Eis.
— Ou, por exemplo: se te afastas da origem do som, ficas surdo.
— Tem toda a razão, Excelência!
— Outra regra da física instintiva: se estás longe não ouves. Ou seja: se estás longe da origem do som, és surdo.
— Exato.
— Da mesma forma, repare Vossa Excelência: diante de um mudo Vossa Excelência é sempre surdo. Não ouve nada.
— É verdade, não tinha pensado nisso. Vossa Excelência repara em todos os pormenores.
— Eis portanto a conclusão que ofereço a Vossa Excelência: a lentidão na marcha é uma forma de ouvir, de dar atenção.
— ... estou a deslocar-me lentamente, reparou? Ouço, portanto, Vossa Excelência com muita atenção.
— Faz muito bem.

— Eu não sou lento, eu quero apenas ver e ouvir com atenção.

— Exato.

— E andar ao mesmo ritmo da marcha do outro é querer ouvi-lo!

— Andamos ao ritmo um do outro: ouvimo-nos um ao outro.

— Não nos venham falar da amizade como resultante do afecto, da empatia e de outras palavras igualmente vagas e igualmente semelhantes.

— Eis, portanto, uma definição de amizade baseada em parâmetros puramente fisiológicos: ritmo de marcha e capacidade auditiva.

— É isso mesmo. A amizade é resultante de atividades fisiológicas. Treina-se como qualquer atividade atlética. Treinar a andar ao mesmo ritmo do outro. Ouvidos e pernas.

— Vossa Excelência tocou no ponto.

— No fundo, a amizade é uma atividade fisicamente muito exigente. Vossa Excelência está, pois, preparado para me acompanhar? Tenho uma passada extremamente rápida.

— Vossa Excelência é um homem cínico, não é?

— Muito. E Vossa Excelência?

— Cínico e meio.

— Muito bem. Por isso entendo Vossa Excelência praticamente na totalidade.

— Falta o meio.

— Isso.

O PROFUNDO PENSAMENTO
DO SONO — O CROCODILO

— Comemos, dormimos, pensamos. E etc.
— Dormimos para deixar de pensar.
— Ou pensamos para deixar de dormir. É isso?
— E há ainda, depois, os sonhos — como Vossa Excelência bem sabe.
— Pois é. Pensar e dormir. Já fiz, aliás, aquela experiência que muitos fizeram antes. Quando estou a adormecer, mesmo a meio caminho entre a vigília e o sono profundo, ali estou, com uma sensação de invulgar arrebatamento... porque algo surge de entre o nevoeiro do meu cérebro. E, sim, lá atrás, como se fosse um herói, eis que aparece, alta e forte: uma ideia extraordinária.
— Como assim?

— Para mim essa sensação é clara e evidente. Há pensamentos fulgurantes no quase-sono. Sinto-me, por vezes, como alguém que acaba de descobrir a fórmula $E=mC^2$. Estou em estado-eureka, em estado de descoberta — eis como me encontro, eu, que estou meio a dormir, meio a sonhar.

— Duas metades, portanto.

— Eu diria, se me permite, que apenas a terceira metade de mim é que está acordada.

— A terceira metade de Vossa Excelência está acordada? Isso não dá conta certa.

— Como?

— Isso está exatamente errado, por assim dizer.

— Talvez Vossa Excelência tenha razão em relação às contas. De qualquer maneira, tornando mais clara esta divisão: as duas metades interiores de mim estão a dormir, enquanto a minha terceira metade, a metade exterior, digamos assim, essa, está acordada... ou meio-acordada.

— Não entendi nem metade, mas, por favor, Vossa Excelência volte ao essencial... à sua história.

— Aqui vou então de regresso ao essencial. Pois o que eu dizia a Vossa Excelência é o seguinte: eu escrevo, no quarto, às escuras, uma frase no meu caderno, eu, que estou ao mesmo tempo como que a dormir e com a tal sensação de grande descoberta. E o que acontece é que durmo, depois, com a percepção de dever cumprido. Mais do que isso: com a sensação de ter subido aos Himalaias. E é com esse cansaço que adormeço profundamente.

— Muito bem.

— No dia seguinte acordo e o meu primeiro movimento é em direção à folha que está na mesa de cabeceira. Dirijo os meus olhos para ela com a intensidade e a excitação de um apaixonado. Sinto que na noite anterior descobri algo de significativo e que o consegui escrever. Leio, então, agora em pleno estado de vigília, acordado-acordadinho... Leio o que escrevi, com a letra meio tremida pela escrita sonolenta no escuro e, ali está, bem clara, a descoberta que eu não quis perder, aquilo que senti que marcaria para sempre a ciência, as artes e o mundo em geral. E sabe, então, o que eu tinha escrito?

— Diga, por favor, diga, quero saber! Exijo saber! O mundo exige saber.

— NÃO TE ESQUEÇAS CROCODILO. Era isto que estava escrito na folha. NÃO TE ESQUEÇAS CROCODILO.

— Meu Deus, que maravilha!

PROFUNDO PENSAMENTO DO SONO — DE NOVO O CROCODILO!

— Antes de explicar a Vossa Excelência o que significa a frase NÃO TE ESQUEÇAS CROCODILO que eu escrevi quando estava meio a dormir, deixe-me contar-lhe os resultados de uma experiência semelhante que eu tive uns dias depois. Ali estou então eu, com um olho fechado e o outro meio fechado — a dormir a três quartos, portanto —, e mesmo a metade de olho que está aberto já está a ver mais para dentro do que para fora, digamos assim... Já estou a ver uma espécie de cinema interior, já estou a ver imagens que o cérebro emite e não imagens da realidade. Enfim... Pois estou, então, eu, já nesse estado de quase sono quando, de novo, essa sensação como de uma picada: descobri algo! Como não quero que

essa brilhante descoberta seja perdida para sempre, faço outra vez um esforço sobre-humano e, mesmo já deitado e mesmo já muito inclinado para o sono profundo, lá consigo mexer um braço, uns dedinhos, e com esses restos de movimentos, digamos assim, lá escrevo a frase, uma frase-eureka, uma frase que sinto resumir uma enormíssima descoberta. Escrevo em pleno escuro e deixo-me cair, exausto, no sono.
— Bonito!
— Pois bem, no dia seguinte acordo. E de imediato avanço com mãos e olhos ansiosos para o pedaço de papel na minha mesinha de cabeceira. E leio o que escrevi.
— Sim?
— E o que estava escrito... sabe Vossa Excelência o que era?
— Vossa Excelência diga, por favor. Estou ansioso!
— Pois bem, o que estava escrito era: NÃO TE ESQUEÇAS CROCODILO.
— De novo?
— Sim, de novo. Duas vezes. Não é impressionante?
— Bem, impressionante ou não, o facto é que...
— Bem, deixe-me dizer a Vossa Excelência que na terceira noite repeti o procedimento e aconteceu o mesmo. Estou a adormecer, sinto que... levanto-me, etc., etc.
— Muito bem.
— E sabe o que estava escrito, desta terceira vez?
— Não.

— NÃO TE ESQUEÇAS CROCODILO.
— Outra vez!?
— Sim, três vezes.
— Três!
— Mas houve uma quarta vez.
— Sim?
— E na quarta vez, sabe o que estava escrito?
— NÃO TE ESQUEÇAS CROCODILO.
— Não. Nada disso. NÃO TE ESQUEÇAS... CÃO PASTOR ALEMÃO.
— CÃO PASTOR ALEMÃO? Que estranho!
— Sim, eu também considerei estranho. Estava à espera do crocodilo.
— Mas então, o que concluiu Vossa Excelência dessas quatro experiências?
— Pois bem, depois de várias experiências semelhantes e depois de muito refletir concluí que, apesar de tudo, é melhor pensar acordado do que a dormir. Apesar de tudo, repito.
— Conclusão sensata, diria.

A HIERARQUIA DOS ELEMENTOS DA NATUREZA — E OS BANHOS

— É como digo a Vossa Excelência: os animais são mais obedientes do que as plantas. Ou seja: a audição tem maior presença nos animais. E é aqui que começa a nossa supremacia, se me permite a expressão.

— Permito a Vossa Excelência todas as expressões, mas já percebi que Vossa Excelência pensa como alguém que está atrasado um século nas ideias e mesmo assim vai comprar uns binóculos para ver mais para trás; entra na biblioteca para ler livros sobre o Paleolítico.

— Eu?

— Sim... Vossa Excelência é o que vulgarmente se chama de besta retrógrada.

— Bem, isso parece-me forte. Então, por que diz isso?

— Porque Vossa Excelência vê os animais e as árvores como os nossos colegas humanos da Idade Média os viam.

— Não entendo o que diz Vossa Excelência. Entendo o que eu digo, e é esta a diferença entre duas pessoas. Cada um entende o que ele próprio diz — e está bem assim, parece-me.

— Pois sim.

— Eu dizia e repito: há uma hierarquia da inteligência nos diversos elementos da natureza que tem a ver com o nível de audição.

— Uma teoria.

— Os seres vivos que escutam bem estão no lugar mais alto da hierarquia, os que escutam pouco ou mal estão no meio. E os elementos da natureza que são surdos estão no lugar mais baixo da hierarquia natural.

— Quer dar exemplos?

— Eu grito para um animal, ele foge. Eu grito para uma planta, ela não foge — mas talvez sinta algo, deixe que me exprima assim. E eu grito para uma pedra e nada: nem foge nem sente coisa alguma.

— A síntese parece-me esta: para Vossa Excelência os seres mais inteligentes da natureza são os que ouvem a nossa voz, a voz humana, é isso?

— Ouvem e obedecem. Obedecer é a segunda parte do ouvir, Excelência. *(E levanta o dedo para realçar a declaração).*

— Talvez essa seja uma hierarquia ligeiramente... egoísta... não lhe parece?
— Desculpe, mas não ouvi a sua questão.
— Bem, você não me ouve... e eu estou a ouvir para outro lado.
— Somos surdos mútuos, digamos.
— É isso mesmo.
— Já lhe falei do poeta Alexandre O'Neill?
— Diga.
— Pois ele tem duas ou três frases que sintetizam pontos importantes.
— Por exemplo?
— Por exemplo, esta que fala de um qualquer sujeito, quem sabe, alguém que possamos até conhecer. Eis o que se diz dele: "Passou a vida a encontrar a mesma mosca".
— Quem?
— Lá está. Isso, não sei. Mas há um sujeito qualquer, veja bem, que passou a vida a encontrar sempre a mesma mosca. Não é azar?
— É azar.
— De outro sujeito, também não identificado — e ainda bem, acrescento eu, dada a intimidade que é revelada por esta frase simples —, pois bem, de um outro sujeito o poeta escreve: "Não se lavou duas vezes no mesmo rio. Nunca se lavou".
— Que porcaria!
— Exatamente. Nem uma vez se lavou.
— O famoso, clássico e filosófico: não se pode mergulhar duas vezes no mesmo rio porque o rio está

sempre a mudar e o tempo passa e etc. e etc... a famosa reflexão profunda sobre o tempo é aqui, rapidamente, transformada numa reflexão sobre... a higiene.
 — ... ou a falta dela.
 — Exato. Eis o sarcasmo elevado ao máximo.
 — Isso mesmo.
 — Tudo o que é sério tem dois lados divertidos.
 — Pelo menos, pelo menos.

O PROJETO PARA UMA
NOVA AGRICULTURA

— Eis como gosto de marcar o espaço: com um carimbo.

— Que belo, esse seu instinto de domínio.

— Marcar um território como se marca uma vaca, bem no dorso e com muita força. Uma marca que nunca mais saia.

— Portanto Vossa Excelência, dono e proprietário e senhor e mestre e etc., no fundo, pois então, Vossa Excelência, dizia, como dono de um território decide marcar o espaço que lhe pertence com um carimbo, é isso? Marca o espaço como se marca uma vaca.

— Exato. Até pensei mesmo em assinar o espaço. A minha rubrica, o meu belo nome, num canto do espaço que me pertence. Que lhe parece?

— Parece-me inovador. Portanto, em vez de cercas e arame farpado, Vossa Excelência assina, por assim dizer, o chão que lhe pertence.

— Isso. Tal como se faz nos contratos. Em cada página uma rubrica, a síntese do nome e, na página final, o nome inteiro, a assinatura que comprova que eu estive ali e concordei com todas aquelas frases do contrato.

— Portanto Vossa Excelência quer aplicar a estratégia da assinatura de contratos ao próprio espaço.

— Isso mesmo. Escrever o meu nome em cada canto do meu território. Assinar o espaço, eis o que me parece cada vez mais necessário. Para que as pessoas saibam a quem pertence este maravilhoso território.

— Vai escrever a caneta?

— Nada disso, você brinca comigo, não é verdade?

— O certo é que talvez seja mais eficaz Vossa Excelência ter um mapa do território e assinar no mapa a zona que lhe pertence. Assinar uma miniatura parece mais sensato, ou não?

— Nada disso, nada disso. Eu quero, repito e insisto, assinar o espaço como se marca uma vaca no dorso. Vou explicar-lhe o meu projeto. A metodologia.

— Vamos a isso.

— Vou começar por produzir um carimbo gigante. Esse carimbo gigante vai ser introduzido numa máquina do tamanho de um trator. O trator--carimbo avança cinco metros, para e up: carimbo para cima. Aliás: para baixo. E assim o território que me pertence ficará todo carim-ba-do-zinho. Que lhe parece?

— Que beleza, sim, mas o carimbo — Vossa Excelência sabe — deixa a sua marca com tinta e a tinta talvez se apague com a chuva.

— Talvez se apague, sim. Mas posso sempre voltar a enviar o trator-carimbo para reforçar as marcas que se forem apagando. Que lhe parece?

— Parece-me bem.

— Eis então o meu plano: em vez de se cultivar a terra, em vez de máquinas ruidosas que revolvem a terra para plantar e produzir alimentos e outras coisas semelhantes, criar e desenvolver, em alternativa, tratores e máquinas agrícolas que estejam constantemente a marcar o território com o meu carimbo. No fundo, máquinas que estejam sempre a escrever no espaço (para que as pessoas o percebam até quando passam de helicóptero): este terreno é meu, este terreno é meu! este terreno é meu! este terreno é meu!!

— Parece-me um objetivo agrícola e nobre.

— Isso mesmo. Ainda bem que entendeu.

SOBRE UNS VERSOS E AS FORMAS DE ESTUDAR O MUNDO

— Posso oferecer a Vossa Excelência uns breves versos do tal senhor chamado Alexandre O'Neill?
— Pois sim, em frente!
— Aqui vai:
"Com o hálito
Já desfiz alguns bailes
Afinal seria bem fácil
Dominar o mundo."
— ...
— Que lhe parece?
— Uma questão importante, essa.
— Como dominar o mundo?

— Como dominar o mundo. Há inúmeras metodologias, umas usam tecnologia de última hora; outras, meios mais modestos, como no exemplo que Vossa Excelência referiu.

— Eu, por exemplo, quando estou prestes a dominar o mundo, a tê-lo por completo à minha mercê, quando estou a um segundo de ser rei, senhor, dono, mestre, chefe grande e máximo de todo o universo e de todos os bailes, sabe o que me acontece? Adormeço. Isso mesmo. Quando estou prestes a dominar o mundo, adormeço.

— Adormece?

— Sim. Bocejo e depois durmo.

— Isso é estranho.

— Pois, não sei. Dominar o mundo sempre me aborreceu. Prefiro uma sesta.

— Quer outros versos?

— Vamos a isso. Mas como os devo ouvir — a esses versos? Descontraído, tenso, atento? Com ar sensato, taciturno? Relaxado mas com olhos vigilantes, com ar de quem não dá demasiada importância mas que afinal...?

— Por favor, ouça!

— Muito bem. Vou ouvir.

— Aqui vai

"bem sei que muitos dos meus versos
nem para atacadores."

— Ora aí está.

— Ora.

— É um poeta bem-disposto.

— É.

— Poderíamos aproveitar este precioso momento para falar sobre a utilidade da poesia.

— Isso. De qualquer modo, conheci o mundo assim. Passo a exemplificar. Cabeça para baixo, pescoço curvado, marreco de mim mesmo e olhos no solo.

— A parte de baixo do mundo, eis o que conheceu Vossa Excelência com tal postura intelectual.

— Exato. Mas aquilo a que, com generosidade, chama de postura intelectual, eu designo como: marreca. Uma corcunda, no fundo. Ou seja, pensam que eu investigo — mas tenho é um problema nas costas. Aqui. Quer ver?

— Deixe estar. Acontece a muitos.

— Para não denunciarem a corcunda ostensiva, põem-se a pensar em direção ao solo.

— Pois eu também conheci o mundo, mas atuei de uma forma completamente oposta à de Vossa Excelência, se assim se pode dizer.

— Então, como conheceu Vossa Excelência o mundo? Andando de costas?

— Nada disso. Conheci o mundo assim: pés bem sobre o solo e cabeça levantada em direção ao alto.

— Vossa Excelência, com essa postura, não conheceu o mundo dos homens, mas o que fica acima do mundo dos homens. O céu, os deuses, os helicópteros...

— A questão é esta: há um meio-termo, parece-me. Nem olhar para o chão... pois conhecer o mundo não é conhecer o solo...

— Isso é para os agricultores.
— Exatamente... Nem olhar para cima, para o céu.
— Isso é para os astrónomos.
— Exatamente.
— Conhecer o mundo dos homens é então olhar em frente, é isso?
— Isso. Pescoço duro, como se tivesse uma lesão definitiva que o impedisse de baixar ou subir. Um pescoço fixo como a peça de uma máquina, como uma mobília que, por herança, não podemos deslocar nem um centímetro. Assim sim, se conhece o mundo. Como os grandes aventureiros, sem reflexão, sem flutuações do pescoço.
— Não olhar para cima, nem para baixo nem para os lados. Só olhar em frente. Como os homens de ação.
— Como os comboios.
— Isso mesmo. Como os comboios! Eis a referência.

O ATRASO DO CAMPO

— Gosto muito de bater na cabeça das pessoas com uma certa força.
— Gosta?
— Sim, agrada-me. Dá-me prazer. Uma pessoa vai a passar e eu chamo-a: ó, desculpe, Vossa Excelência?!
— E ela — a Excelência — vai?
— Sim. Quem não gosta de ser chamado à distância por Vossa Excelência? Apanho sempre, primeiro, as pessoas pela vaidade... é a melhor forma.
— E quando a pessoa-Excelência chega ao pé de Vossa Excelência, o que acontece?
— Ela aproxima-se e pergunta-me: o que pretende? E eu, com toda a educação e não querendo es-

conder nada, digo: gostava de bater com certa força na cabeça de Vossa Excelência. É isto que eu digo, apenas. Nem mais uma palavra.

— Nem mais uma palavra?

— Nada.

— E o que acontece?

— Bem, a princípio instala-se um silêncio, por vezes constrangedor.

— É natural.

— Nesse intervalo penso em tudo: ele vai recusar, vai fugir, vai insultar-me, vai dar-me um murro, vai chamar a polícia, enfim, penso em tudo.

— Mas no fim o que é que acontece?

— O que acontece é isto — pode não acreditar, realmente é espantoso, mas eu digo, sem preâmbulos nem prefácios longos, eu digo apenas: gostava de bater com certa força na cabeça de Vossa Excelência, e eles, sem exceção, passado esse momento de silêncio, respondem: ok.

— Ok?

— Sim. Ok é a resposta mais normal.

— Ok.

— Por vezes dizem: tudo bem, avancemos. Mas o mais comum é responderem, simplesmente: ok.

— É incrível.

— Sim, é surpreendente, no mínimo.

— E o que acontece depois? Sempre lhes bate com força na cabeça?

— Sim, bato.

— E eles?

— Ficam quietos até eu parar de lhes bater com força na cabeça.
— E depois?
— Depois vão-se embora.
— Vão-se embora?
— Sim, continuam o seu percurso.
— Meu Deus! Isso é incrível.
— Na verdade, as pessoas precisam disto.
— De apanhar com força na cabeça?
— Sim. De vez em quando faz falta.
— Faz?
— Para não se aborrecerem.
— Que espantosa, toda essa história.
— As pessoas na cidade não têm muitos amigos.
— Mas Vossa Excelência bate-lhes na cabeça com força!
— Sim, é verdade.
— E isso não magoa?
— Magoa, claro, na cabeça, aqui.
— Então como é que as pessoas gostam disso?
— As pessoas gostam de agradar.
— Isso é verdade.
— No fundo, não querem ser desmancha-prazeres, e isto é o mais relevante para eles.
— Isso é extraordinário.
— Sim, revela um companheirismo que só existe nas cidades muito grandes.
— Ah, é?
— Sim. Uma vez tentei fazer isto no campo. Fui para o campo e estive horas no meio da erva e das

montanhas e da bela natureza, e nada acontecia de interessante até que lá ao fundo vejo surgir um homem, um pontinho minúsculo que anda e que, por sorte, avança na minha direção.

— Parece um filme.

— Começo a esfregar as mãos e a pensar: aí vem alguém a quem vou poder bater com certa força na cabeça. E começo logo a saborear esse momento, ainda o ponto humano está lá ao fundo.

— Muito bem, e o que acontece depois?

— O que acontece depois é que, quando ele chega ao pé de mim, lá está... eu digo aquilo, de uma forma simples, tranquila, com um tom de voz neutro, eu digo: gosto muito de bater na cabeça das pessoas com uma certa força. E depois, sem pausas, proponho: gostava de bater na sua cabeça com uma certa força. É possível? E o camponês, o rude camponês, fica em silêncio durante uns segundos, exatamente como os da cidade, e depois desse silêncio de reflexão responde (veja bem!): NÃO.

— Não?

— Exato. NÃO. Não quer que eu lhe bata com certa força na cabeça.

— Isso é incrível.

— É. Por isso é que eu gosto mais de viver na cidade.

— Os camponeses são mais fechados, não é?

— Sim, muito mais.

SOBRE O PENSAMENTO E O BATER NA CABEÇA

— No fundo eu bato é na cabeça das pessoas. É uma maneira de as acordar. Sou um pensador, mas utilizo os músculos para bater na cabeça das pessoas. Nada de mais.

— Você gosta de bater na cabeça das pessoas, já percebi. Mas... e essas Excelências da cidade com quem se cruza, o que dizem? Concordam com a ideia de Vossa Excelência lhes bater na cabeça?

— Por norma, como lhe disse, não põem qualquer problema. Alguns, no entanto, fazem uma ou outra pergunta. Mas é raro. Por vezes, perguntam sobre os meios técnicos utilizados. Por exemplo, assim: para bater com força na minha cabeça, Vossa Excelência pretende usar que instrumento?

— É uma questão importante. Eu próprio, se estivesse nas mesmas circunstâncias, colocaria essa questão.

— Exato. Então nessa altura eu explico que pretendo bater com força na cabeça dessa pessoa utilizando um livro de seiscentas páginas, este *(mostra o livro)*, vê?

— Meu Deus. Que livro enorme!

— Capa dura.

— Isso decerto não mata, mas pelo menos maltrata.

— Sim, é verdade. Mas tudo fica claro desde o início. Mostro o livro e digo: pretendo bater na sua cabeça com esta ferramenta.

— O livro? Ferramenta...?

— É uma definição possível. Bem, o que parece relevante é que gosto muito de bater na cabeça das pessoas com uma certa força.

— Isso é curioso. E tem outros passatempos?

— Tenho, mas são mais individualistas.

— Coleção de selos?

— Sim.

— Que egoísmo.

SOBRE OS SALTOS E OUTRAS FORMAS DE PERDER TEMPO

— Mas repare.

— Sim, repare.

— Repare Vossa Excelência que dançar não é apenas levantar os pés do solo, isso não seria dançar: seria salto em altura.

— Portanto, dançar não deve ser confundido com a modalidade olímpica do salto em altura. É isso que Vossa Excelência afirma?

— Exatamente.

— E também não é lançar o peso do próprio corpo o mais para a frente possível.

— Não.

— Portanto: dançar também não deve ser confundido com a modalidade olímpica do salto em comprimento. É isso que Vossa Excelência afirma?

— Exatamente. Dançar está no meio dessas duas modalidades.

— No meio?

— Com rigor: no meio, entre as duas, entre uma e outra, etc.

— Sim? Vossa Excelência pode explicar?

— Dançar é avançar ao mesmo tempo para cima e para a frente. E muito.

— Ao mesmo tempo sobe-se muito e muito se avança...

— Mas no fundo salta-se para sítio nenhum e avança-se muitas vezes para trás ou mesmo para o sítio de onde se partiu.

— Que estranho, eis o que digo a Vossa Excelência. Alguém começar a avançar para o sítio onde está neste preciso momento, eis o que me parece corporalmente difícil, senão impossível.

— Pois eu vou exemplificar. Está Vossa Excelência a ver os meus dois pés?

— Sim, os dois.

— Pois bem. Vou agora com estes dois maravilhosos pés avançar rapidamente para o sítio onde estou. Aqui vai. *(Começa a mexer os pés a grande velocidade, sem sair do sítio. Agora para. Está a arfar, cansado.)* Vossa Excelência viu?

— Agora avança-se muito e no fim chega-se... aonde?

— O corpo não chega a um espaço diferente, é verdade, mas chega diferente ao mesmo espaço, eis o que digo a Vossa Excelência.

— Pode explicar?

— O meu corpo está no mesmo sítio, mas agora está cansado. É isto, no fundo. E isto é uma síntese do que é a dança. Ou seja, trata-se de uma viagem.

— O quê?

— Dançar. Se contássemos os metros percorridos, no mesmo sítio ou na sala em redor, se contássemos os passos e passos, os pequenos saltos que parecem ultrapassar obstáculos no solo que afinal não existem, obstáculos invisíveis, enfim, se fizéssemos tal contabilidade de passos e pequenos saltos veríamos que duas ou três danças agitadas correspondem a uma longuíssima caminhada, a uma viagem, portanto. E das grandes.

— De qualquer maneira, deixe-me fazer uma observação. Algo que nunca entendi... e é isto: por que razão alguém salta sem ter um obstáculo concreto e material à sua frente?

— Saltar sem objetivo. Uma pirueta, por exemplo?

— Sim. Deveríamos classificar tal como um ato que é resultado de uma loucura temporária... isso, essa coisa estranha, não humana, esse ato irracional por excelência que é o de dar um salto sem ter qualquer obstáculo à frente. Irracionalidade pura.

— Devemos saltar quando há obstáculo. Quando não há, seguimos em frente, eis o que parece a Vossa Excelência racional e sensato. Os saltos do dançarino, portanto, são...

— ... completamente, absolutamente, de baixo a cima: irracionais! Nem quer atingir o céu nem ver mais longe — é um salto que salta porque sim.

— Os dançarinos saltam porque é bonito...

— ... um disparate, parece-me! Qual é, de facto, o objetivo desses saltos?

— Pois bem, eu diria de novo: o objetivo último desses saltos é uma pessoa cansar-se. Essa é que é a verdade.

— E Vossa Excelência concordará que um ser humano, um animal racional que faz uma determinada atividade, que move o corpo numa certa direção, com o objetivo de se cansar, não pode deixar de ser considerado um animal-absurdo. Um animal que não sabe para onde vai.

— Vossa Excelência tem razão. Um ser humano sensato quer precisamente o inverso: não se cansar. Guardar forças para os dias que aí vêm com obstáculos reais e concretos.

— Porém, contudo, todavia.

— Sim?

— Porém, sabe o que me está a apetecer agora?

— Diga?

— Terminar o diálogo e dar sete saltos, assim, sem qualquer objetivo. Que lhe parece? Aqui vão: 1, 2, 3, 4, 5, 6, 7. Uf!

— Você está louco, eis a minha conclusão.

— Sim, e agora também um pouco cansado, Excelência.

— ...

— Para a próxima serei irracional, mas menos vezes.
— Talvez quatro saltos, não?
— Sim, parece-me justo.

SOBRE AS DANÇAS DE DIVERSOS ANIMAIS — UMA TEORIA

— Bem, mas voltemos ao meu raciocínio anterior.
— Voltemos...Voltemos. Que bela palavra!
— Sem dúvida. Um verbo que parece descrever uma ação física mas que descreve, afinal, um puro ato mental.
— Ou seja: voltar dentro da cabeça ao ponto do raciocínio onde se estava. Eis o que Vossa Excelência diz com essa frase tão simples... voltemos ao raciocínio anterior.
— De facto, essa expressão revela um itinerário, um percurso de regresso.
— Voltemos, então, mas sem mover os pés.

— Uma espécie de truque de magia: percorrer metros no raciocínio mas não andar um único metro sobre o solo.

— É isso mesmo, Excelência. Com os pés no mesmo sítio regressemos, então, ao ponto onde estava o nosso raciocínio. Eu falava de dança. Recorda-se?

— Claro.

— Pois bem, dizia eu que, se fizermos as contas aos metros que um bailarino percorre durante trinta minutos da dança, poderemos ter a certeza de que estamos diante de uma viagem... um enorme itinerário que, afinal, está concentrado em poucos metros — o espaço onde a dança decorre. Dançar é, portanto, uma viagem realizada em seis metros quadrados... mais ou menos.

— Como animais numa jaula, eis os bailarinos, é isso?

— Não param, mas não saem do lugar... Mas não comparemos com animais, isso não. Porque, precisamente, os homens — porque dançam — não são animais.

— Ou seja, Vossa Excelência afirma: o homem é um animal que dança. Quando começa a dançar abandona a base animalesca. É isso?

— Exatamente, Excelência. É tão inútil, a dança, que quem a faz só pode ser humano — é a minha definição.

— Eis, portanto, da parte de Vossa Excelência, o avanço para uma teoria da evolução darwiniana-dançarina.

— Dançarina?

— Exatamente. A evolução das espécies tendo em conta não o tamanho da inteligência mas sim o ritmo.

— Os animais com mais ritmo são os mais evoluídos!

— Exato, Excelência. No fundo, entre o chimpanzé e o homem a diferença é a capacidade para dançar a diferentes ritmos.

— À medida que aprendem a dançar, os animais sobem na escala evolutiva. Eis a conclusão.

— Mas, por exemplo, as amibas?

— As amibas?

— Sim, as amibas?

— As amibas?

— Sim, as amibas.

— Bem, Vossa Excelência avance!

— Ok. Avanço então: o que sabe Vossa Excelência sobre a existência ou não de bailes entre as amibas?

— Como?

— A questão é: se a dança é um movimento inútil mas esteticamente interessante, há muitos movimentos das amibas cujo objetivo não compreendemos e que, sob um certo ponto de vista, podem ser considerados, lá está, belos!

— Movimentos de amiba... belos?!

— Sim, como se fossem danças. Danças individuais, ou a dois, ou a três...

— Bem, se consideramos a possibilidade de existirem danças no mundo das amibas entramos nos movimentos mínimos, minúsculos, que só podemos avaliar e detectar através do microscópio.

— Lá está! E eis o que me parece interessante: pensar em juízes que avaliem os microbailarinos utilizando um microscópio.

— Mas assim, Excelência, lá se destrói a teoria. De facto, se todo o movimento que não tem um objetivo pode ser considerado como dança, quem sabe se as amibas, as pequenas amibas, não dançam melhor que nós? Quem sabe se não têm mais ritmo que nós?

— A questão do ritmo depende, está claro, do conceito de música, Excelência. Nós fazemos música para os nossos próprios pés e ancas, por assim dizer.

— É, portanto, um jogo viciado à partida.

— Isso. Não é justo avaliar as capacidades de um outro bailarino se somos nós que escolhemos a música e os critérios de avaliação.

— Ou seja: talvez as amibas tenham mesmo um enorme, enorme sentido do ritmo, e acompanhem uma qualquer música celular ou orgânica que nós não conhecemos.

— Exatamente, exatamente.

— As amibas, quem diria?!

— Sim, as amibas. Estamos sempre a ter surpresas.

NADA NÃO É BEM ASSIM, POR EXEMPLO OS ANIMAIS

— Nada.
— Nada?
— Isto é. Nada, não é bem assim. Aqui vai uma frase de Churchill.
— Diga.
— "Só se pode confiar nas estatísticas que nós próprios aldrabamos".
— ... uma síntese...
— ... da estatística.
— Se dividires um número ao meio ficas com dois números. E é por isso que desconfio destas coisas.
— Dos números...?
— Se dividires ao meio o algarismo 6 ficas com dois 3. Com dois algarismos.

— Que disparate!

— Que disparate, sim.

— Mas eu falava com Vossa Excelência sobre os movimentos físicos dos animais.

— Recordo-me perfeitamente.

— Pois aqui vai, em anexo aos meus próprios movimentos, o meu ponto de vista.

— Portanto, Vossa Excelência não se vai mexer: vai falar.

— Vou mexer as mãos e, como anexo, vou falar.

— Ok, força, escuto com toda a atenção.

— Pois é o seguinte: no dia a dia de várias espécies animais existem inúmeros movimentos inúteis, não funcionais. Movimentos, no fundo, estéticos. Certos animais mexem-se não porque queiram comer ou fugir, mas simplesmente porque querem parecer belos. E nem sempre tal é para acasalar. Pura vaidade, portanto.

— Vaidade.

— Pura vaidade.

— Quer então Vossa Excelência dizer que os animais percebem o Belo... querem a beleza... querem tornar-se belos para os outros, para os espectadores. É isso?

— Bem, não afirmei tanto. Mas sim... o pavão e milhares de outros exemplos...

— A natureza está aí não apenas para comer e defecar, isso é bem evidente. Agora, dizer mais do que isto...

— Pois eu afirmo: a natureza está aí também com o objetivo de ser bela, de seduzir...

— ... desde as plantas aos animais.

— Os animais não têm apenas fome e pressa. É um engano pensar assim. Eles por vezes mexem-se muito, mesmo tendo o estômago cheio e não tendo medo.

— Vossa Excelência está tão romântico que acabará por falar das flores e do modo como elas existem apenas para a parte estética.

— Mas é mesmo assim. As flores nascem e, enquanto vivem, tentam ser belas. Eis a síntese da sua existência.

— Realmente, nenhum ser humano faz isso — viver apenas com o objetivo de ser belo.

— É bastante mais utilitário, o homem.

— Mas Vossa Excelência repare: nascer só para ser belo e para ver o belo, é o ideal de alguns homens... São raros, mas existem.

— O problema é que só algumas plantas — elementos com cérebro inadequado para grandes conjeturas — o conseguem.

— Portanto...?

— Portanto, a conclusão: a estupidez e a estética não estão dissociadas.

— Isto é...?

— Só posso ser muito bela porque não necessito de utilizar o tempo para pensar — eis o que poderia pensar uma bela flor... se a flor pensasse, claro.

— Mas não.

— Eis ainda aquilo que pode dizer a planta ignorante, com falta de memória e de raciocínio dedutivo

e indutivo e etc. e etc. A planta pode dizer: dediquei-
-me exclusivamente à beleza!

— É uma frase peremptória.

— Sim, a planta, sem cérebro, tem o tempo todo para se dedicar ao sol e a outras minudências.

— Pois bem, estamos a chegar a uma conclusão.

— Qual?

— Esta: tenho de abandonar o raciocínio para me dedicar à minha própria beleza. E é isso mesmo que eu vou fazer a partir de agora.

— Meu caro, minha Excelência, por favor, não se precipite!

SALVAÇÃO E COMIDA PARA O CANÁRIO

— É bem conhecida esta história.
— Qual?
— A de um homem que está no fundo de um poço e pede ajuda.
— Como pede ele ajuda?
— Assim, da mesma forma que os antigos pediam: grita e abana o braço. *(Grita e abana o braço, exemplificando o gesto de pedido de ajuda.)*
— Só isso?
— Além de gritar e abanar o braço, ele olha para cima. Como está no fundo do poço, olha para cima. A pedir ajuda.

— Muito bem. E o salvador desse homem, o que faz? Se há um homem para ser salvo há sempre quem apareça para o salvar.

— O mais habitual é até existirem mais salvadores do que homens a precisarem de ser salvos.

— Pois sim, mas continuemos...

— Continuemos... O salvador desse homem, mal ouve os gritos, corre para lá e atira uma corda para o fundo do poço.

— Que simpático.

— E depois, lá de cima, o salvador vai dando instruções.

— Instruções sobre?

— Instruções sobre... como deve a vítima colocar a corda em redor do corpo de maneira a ser puxado lá para cima pelo seu salvador.

— No fundo, instruções para ser salvo.

— Eu vou salvar-te mas tens de seguir as minhas instruções — é isto, em síntese.

— Muito bem.

— Muito mal. Quem quer ser salvo está tão desesperado que segue à risca as instruções de quem diz que o vai salvar. Nem sequer pensa no que está fazer. É uma história bem conhecida, já o disse a Vossa Excelência. Os salvadores deste século leram mal o manual de instruções de salvamento.

— Leram mal?

— Sim. Ou melhor, há duas hipóteses: quem estava lá em baixo ouviu mal ou então as instruções foram erradas. O certo é que, quem estava no fundo do poço, seguindo escrupulosamente as instruções, colocou a corda em redor do próprio pescoço e o salvador, lá em cima, puxou... a corda.

— E o que aconteceu?

— Quem estava a precisar de ajuda chega à superfície inanimado, com uma corda ao pescoço. Está pior do que estava. Talvez fosse melhor terem-no deixado no fundo do poço. Sem corda.

— Que horror!

— Exatamente. Daí que, quando eu próprio, aqui presente, me encontro, por qualquer circunstância azarenta, no fundo de um poço, fico sempre por lá, caladinho, em silêncio absoluto.

— Não chama por socorro?

— Nunca! Você é louco?!

— Pois tudo bem... mas, por mim, digo a Vossa Excelência: gosto muito deste ditado.

— Qual?

— Este: "gaiola bonita não dá de comer a canário".

— Pois sim, um ditado sensato.

— É isso. Conheci um tratador de canários que, quando o canário dava à goela para pedir comida, ele aproximava-se da gaiola e dava um retoque na pintura.

— Verdade?

— Sim. Quanto mais fome tinha o canário mais o dono caprichava na beleza da gaiola.

— Resultado?

— Gaiola lindíssima, canário imóvel.

— O canário morreu?

— Isso.
— "Gaiola bonita não dá de comer a canário".
— Pois não, meu caro, pois não.

ERA O QUE EU DIZIA
A VOSSA EXCELÊNCIA

— Era o que eu dizia a Vossa Excelência.
— Era.
— Um homem depois de cair pode ainda cair mais.
— A queda interminável, a queda infinita.
— Vossa Excelência dizia ser mais fácil esmagar um corpo já caído no chão. Era isso?
— Em pleno século XXI cair no chão com grande força e velocidade deve ser considerado como uma oportunidade.
— Para ser esmagado?
— Sim.
— É.

— No fundo, repare Vossa Excelência... O que é esmagar um corpo senão uma incomparável delicadeza civil de fazer com que um corpo que antes ocupava determinado espaço passe a ocupar menos espaço?

— Não entendi, Excelência: frase longa.

— Dizia: esmagar um corpo é apenas, no fundo, diminuir o volume de um corpo, diminuir o espaço que esse corpo ocupa.

— Ou seja, de um outro ponto de vista...

— De um outro ponto de vista: esmagar um corpo é alargar o espaço comum, o espaço da cidade.

— Por cada corpo esmagado, portanto, a cidade ganha espaço, metro quadrado. Enfim, até podemos utilizar esse espaço livre para construir espaços verdes. Que lhe parece?

— Que bela ideia! Construir espaços verdes no lugar de...

— Abrir espaço na cidade através do esmagamento organizado dos diferentes corpos de cidadãos que por aí andam, aos caídos, por assim dizer... E, com esse espaço livre, começarmos a dar atenção finalmente às plantas — essas nossas irmãs. Isto é planeamento urbano... ou não?

— Sim, claro.

— As nossas irmãs plantas.

— Nunca respeitar seres humanos que não respeitem os espaços verdes.

— Nunca.

DOIS OLHOS, DOIS PÉS

— Gosto também deste ditado: "galinha cega de vez em quando acha grão".
— Pois sim.
— Imagine, por exemplo, que quem manda na capoeira é um galo cego.
— Um galo cego?
— Sim, mas o resto da capoeira não sabe disso, precisamente porque o galo cego de vez em quando encontra um grão.
— Que história!
— Pois é como lhe digo: um galo cego pode mandar numa capoeira durante muito tempo. Basta acertar uma vez.
— Bem. Mas Vossa Excelência não é cega e agora está a olhar para mim.

— Estou.
— Então porquê? Encontrou, digamos, o seu grão intelectual?
— Não. Estou entediado.
— Pela parte que me toca, agradeço.
— Mas repare que não estou apenas a olhar para si, estou a olhar muito para si. E talvez seja por isso que estou entediado.
— Obrigado mais uma vez. Mas diz que está a olhar muito?
— Sim, não é olhar muito tempo. Não tem nada que ver com o tempo. É uma questão de intensidade.
— Como é isso? Explique-me, Excelência.
— O quê?
— Há olhar pouco e muito para uma coisa? Ou se olha ou não se olha, parece-me. Não?
— Não. Em primeiro lugar, note-se que estou a olhar duplamente para si. Os dois olhos.
— Bravo! Mas isso não me parece difícil.
— Não?
— Não. Fixe, por favor, os seus dois olhos nos meus dois pés. Isso é bem mais difícil.
— Como?
— Fixe os seus dois olhos nos meus dois pés.
— Um olho por cada pé?
— É isso. Verá como é difícil.
— Aqui vai: o meu olho direito está a ver o pé esquerdo de Vossa Excelência e o meu olho esquerdo a ver o pé direito de Vossa Excelência.
— Está a aguentar?

— Uf! Não consigo, fico cansado. Posso até ter uma lesão ocular grave. Um torcicolo, digamos assim, mas nos olhos.

— De facto, Excelência, o curioso é que os seus dois olhos fixam ao mesmo tempo os meus dois pés, mas não podemos dizer que cada olho fixe um pé diferente. Faça a experiência: se quiser olhar só para um pé, terá que usar os dois olhos.

— Pois é assim, mas, de qualquer maneira, não era disso que estávamos a falar, pois não?

— Falemos então do essencial.

— Sim, falemos.

— Começa Vossa Excelência?

SOBRE O FACTO DE EINSTEIN NÃO SABER NADAR

1.
— Vossa Excelência quer ouvir factos?
— Sim. Posso ouvir factos, mas também posso ouvir música. Os meus ouvidos estão preparados para tudo.
— Pois ainda bem. Fico contente por si. Mas não sei fazer música. Não sei cantar nem tocar nenhum instrumento. Vamos, pois, aos factos.
— Tenho os ouvidos prontos.
— Primeiro facto. Em 1811, em Inglaterra, alguns trabalhadores têxteis destruíram as "máquinas de fiação e tecelagem que lhes tiravam o emprego"... Ouviu?
— Ouvi perfeitamente.
— Ainda bem.

— E o que quer Vossa Excelência que eu faça com aquilo que ouvi? Quer que eu dance? Eu não consigo dançar ao som de factos.

— E não é isso que eu lhe peço. Não lhe peço para dançar ao som das notícias... tal seria até... dadas as notícias... obsceno.

— Pois.

— Se o ouvido de Vossa Excelência escutar música, Vossa Excelência deve dançar. Se escutar factos, Vossa Excelência deve pensar. Não se dança, portanto, ao som de informações. As informações não são música.

— Mas talvez, repare, Excelência... por outro lado... por vezes pensa-se ao som da música.

— Isso é certo: a grande vantagem da atividade mental é que é possível exercer este labor, por assim dizer, em qualquer situação e em qualquer espaço.

— Por exemplo?

— Por exemplo: se estiver fechado numa cela de dois metros quadrados não poderá correr cem metros, mas poderá pensar.

— Correto.

— Se estiver numa sala com o teto muito baixo, não poderá saltar mas poderá pensar.

— Correto.

— E assim por diante.

— É isso. Pensar é a atividade mais acessível que existe. É necessário pouco espaço e praticamente nenhum material.

— Nenhum!

— Conheci um sujeito que só sabia pensar no escuro. Desligava a eletricidade, tapava todas as hipóteses de entrada de luz e depois, em plena escuridão, começava a pensar. Que lhe parece isto, Excelência?

— Se os homens não soubessem pensar no escuro ainda estávamos na Idade da Pedra.

— Seríamos uma outra espécie animal, se nunca tivéssemos podido pensar de noite, isso é verdade.

— De qualquer maneira, Vossa Excelência quer outro facto?

— Quero muito. Desejo factos. É a minha melhor definição: sou alguém que deseja factos.

— Então, segundo facto: em 1847 descobriu-se ouro na Califórnia. A população aumentou "dez vezes em cinco anos".

— O ouro, pois. O ouro é uma solução.

— Terceiro facto: em 1857, dizem aqui os meus cadernos informativos, "o colapso de uma companhia de seguros provocou o pânico na bolsa de Nova Iorque, causando uma depressão na qual perto de cinco mil empresas americanas foram à falência".

— O colapso de... é muito estranho o passado.

— Sim, é muito estranho.

— Há quem diga que se subirmos a uma torre bem alta e observarmos com atenção conseguiremos ver o passado. Não é estranho?

— Uma torre alta?

— Sim. Altíssima.

2.
— Li numa notícia.
— O quê?
— Que morreram vinte homens, "dois deles em estado grave".
— Em estado grave?
— Sim, há mortos que ficam em estado grave.
— E os outros?
— Quais outros?
— Os mortos que não ficam em estado grave?
— Talvez sejam recuperáveis. Não sei.
— De qualquer maneira, um dia temos de conversar sobre isto: o Einstein não sabia nadar. Vem em todas as biografias.
— Não sabia nadar?
— Não.
— É tão estranho pensar que Einstein não sabia nadar como pensar que um campeão de natação pode ser analfabeto.
— Sim, são duas estranhezas. Mas há mais.
— O mundo é vasto.

SOBRE A IMPORTÂNCIA
DO DESENHO

— Um desenho de 1605 mostra um cordeirito a nascer de um tronco de árvore. Está a vê-lo?

— Sim, Excelência, que bela imagem.

— Acreditava-se também que os animais nasciam do solo, como as plantas... Em vez de árvores de fruto, árvores de animais. Árvores de mamíferos, árvores de répteis, árvores de crustáceos, etc.

— Das árvores grandes nasceriam os animais de grande porte, e das minúsculas nasceriam os animais de tamanho tímido...

— E por exemplo... dos bonsai?

— Sim, dos bonsai?

— Que animal imagina Vossa Excelência a nascer de um bonsai? E de uma laranjeira?

— Caríssimo, que questões difíceis.
— Mas regressemos ao início: em tempos que já lá vão, acreditava-se que os animais nasciam do solo, como as plantas!
— Acreditava-se, meu caro, porque se podia desenhar.
— Exatamente. Não havia fotografias. O desenho tinha a função da fotografia atual ou das imagens em movimento. O desenho era a grande prova científica.
— É real aquilo que eu posso desenhar. Se posso desenhar, é real.
— Uma bela definição de desenho e de realidade, Excelência.
— É ficção aquilo que eu não consigo desenhar!
— Mas se é assim temos um problema.
— Qual?
— É que tudo é desenhável.
— Tudo?
— Sim, tudo, Excelentíssimo. Um bom desenhador faz o que quer com o seu lápis. Se quiser pôr um elefante a voar nada mais fácil. Quer ver? *(E desenha.)*
— Vê?
— Isso é um elefante a voar?
— É. Está a voar exatamente a meio do céu. Ou melhor: exatamente a meio caminho entre a terra e o limite do céu.
— Muito bem, Excelência, que exatidão no desenho.
— Mas deixe-me dizer que talvez o desenho permita outra definição.

— Qual?

— Tudo o que é desenhável é imaginável. Eis a definição. Vossa Excelência pode desenhar tudo o que pode imaginar, mas não quer dizer que tal seja real. Só pode desenhar um elefante que voa porque pode imaginar um elefante que voa.

— O desenho prova, então, apenas o que existe na imaginação. Não na realidade. É isso?

— Mas continuo a pensar que há coisas não desenháveis.

— Por exemplo?

— Deus.

— Deus?

— Deus.

— Bem, se Deus está em todas as coisas, Vossa Excelência, se desenhar uma cadeira, está a desenhar Deus. E se aperfeiçoar o desenho da cadeira está a aperfeiçoar o desenho de Deus.

— Pois sim.

— Se Deus for algo que está acima de todas as coisas, então desenhe todas as coisas numa folha de papel e pense que Deus começa no sítio onde a folha de papel acaba.

— É uma definição possível.

— Nesse caso, Deus estaria acima dos nossos desenhos.

— Uma definição possível de Deus, sim.

PÉ, CABEÇA, FOME, ABDOME

— Sabe, perdi o pé.
— E depois?
— Perdi a cabeça.
— E depois?
— Depois nada.
— Nada?
— Tendo perdido o pé e a cabeça, que queria que eu fizesse?
— No entanto, olho para si e vejo que Vossa Excelência tem o corpo intacto. Dois pés e uma cabeça.
— Falava em sentido figurado, como é óbvio. Perdi o pé, quer dizer: perdi o apoio. E quando digo: perdi a cabeça, quero dizer: perdi a calma.
— Meu caro, se é assim: acalme-se e veja onde põe os pés. Já dizia o O'Neill:

"Com um tiro no abdome,
Passa-te a fome!"
— Isso é uma receita?
— Excelência, que brutalidade.

ACIDENTE E TÉDIO

— Um acidente, Excelência?
— Acidente é o que introduz a dor no que se previa ser prazer ou pelo menos tédio.
— Sentimos saudades do tédio nos momentos de acidente.
— Exato. É o acidente que dá valor aos momentos em que estamos entediados.
— Ninguém que seja vítima de um acidente ficará entediado!
— Isso. Vossa Excelência acertou.
— Até parece que os acidentes são colocados no mundo para terminar com o tédio.
— Que exagero!
— Sem os acidentes e sem o prazer teríamos uma cidade entediada de manhã à noite.

— Devemos pois colocar o acidente e o prazer ao mesmo nível. É isso?

— Não. O acidente é a interrupção negativa do tédio, o prazer é a interrupção positiva do tédio.

— Boa.

— Sinal menos e sinal mais. São bem diferentes.

— São opostos...

— ... como toda a gente sabe.

— O tédio é, pois, a existência sem qualquer sinal, positivo ou negativo.

— Exato.

— Uf! Se tiveres sorte, portanto, serás um mortal entediado.

— Ser um mortal entediado significa que conseguiste contornar o acidente. É isso, entende, Excelência?

— Eis, no fundo, o grande desejo humano: sermos pelo menos mortais entediados. Que o acidente não apareça na tua vida!, eis o que desejamos a quem amamos.

— Tornámo-nos em mortais pouco ambiciosos. É o que é, Excelência.

— Lúcidos, meu caro. Lúcidos. É bem diferente.

CORRER, FEALDADE E MORTALIDADE

1.
— Pois é, Excelência, sempre gostei de correr no meio da cidade.
— Sim? Pois digo-lhe: uma competição possível: uma corrida em pleno centro da cidade, na qual os atletas — os velozes corredores — têm de obedecer às regras dos peões. Parar quando o sinal está vermelho. Avançar apenas quando aparece o sinal verde. Eis uma corrida.
— Qual o atleta que chega primeiro, obedecendo aos sinais de trânsito, portanto.
— Cem metros urbanos, quatrocentos metros urbanos, cinco mil metros urbanos.

— Com a cidade em funcionamento.

— Outra competição possível: com toda a cidade em funcionamento, quem a atravessa em menos tempo, ignorando sinais e regras?

— Uma corrida, uma competição desportiva com risco de morte, de atropelamento. É isso, Excelência?

— Isso. Mas seria uma corrida natural, no meio da nova natureza que é a cidade. As corridas em estádios de atletismo decorrem em situações artificiais. Tudo parado em redor a admirar e a aplaudir...

— Defender as novas corridas no novo meio natural — as cidades!

— Os corredores urbanos, Excelência.

— Correr no meio da poluição e com risco de ser atropelado por um carro.

— Uma corrida que se faz sem ter os carros como obstáculo não é uma corrida do século XXI, nem sequer do século XX.

— As corridas de atletismo têm a mentalidade do século XIX.

— No mínimo, Excelência, no mínimo.

2.
— "Filho feio não tem pai".
— Como?
— "Filho feio não tem pai".
— Que frase terrível, Excelência!
— Sim, é terrível, mas é isso mesmo. E não é apenas filho feio. Acontecimento feio também não tem

pai. O zero também não tem pai. Culpa também não tem pai.

— Basta!

— Exatamente.

— E filho belo?

— Filho belo tem mil pais e cem mil avós e assim sucessivamente.

— Muito bem. Beleza e paternidade, fealdade e paternidade, Excelência.

— Uma síntese.

O ROSTO DE VOSSA EXCELÊNCIA E O ETC. DAS COISAS

1.
— Excelência, por favor, olhe com atenção para o meu rosto. Repare nos pormenores. O que vê nele, no rosto?
— Meu caro, eu não sou muito bom leitor.
— Por favor, um esforço. Olhe bem para o meu rosto. Repare nele. Vou calar-me para que o som não o distraia.
(Silêncio.)
— Excelência, Excelência! De facto, a vida não é simples de interpretar. Eu olho neste momento para o rosto de Vossa Excelência, com toda a atenção, e realmente não sei se a posição relativa dos elementos da sua extraordinária fisionomia revela dor leve ou pensamento profundo. Eis a dúvida.

— Duas alternativas, portanto. Ou estou a sentir dor ou estou a pensar.

— Um bom observador faz isto: do vasto mundo das hipóteses consegue extrair duas.

— Duas!

— Em relação ao rosto de Vossa Excelência, portanto...

— A minha face revela... Pois então a resposta é... atenção, atenção. A resposta é: 1.

— Um?

— Um. Ou seja: o meu rosto está com esta expressão devido simplesmente a uma dor... persistente. Desculpe a rima. Em suma, doem-me os dentes. Nada de mais.

— E eu que coloquei a hipótese de Vossa Excelência estar a pensar de forma profunda...

— Repare que não cometeu um grande erro, Excelência. De facto, estas são duas formas de nos concentrarmos no nosso interior: termos uma dor ou termos um pensamento.

— E você tinha uma dor.

— Sim, no dente.

— Que pena ser isso. Parecia tão inteligente.

— ...

— De novo. Desculpe-me a rima.

2.

— Excelência, gostaria de lhe fazer umas perguntas rápidas.

— Vamos a isso! Por mim estou pronto para acelerar o ouvido diante dessas perguntas rápidas.

— Parece-me sensato.

— Força, então.

— Muito bem. Aqui vão duas: qual a unidade de medida do cheiro? Qual a unidade de medida da visão?

— Como? Como? Como?

— Três perguntas! Vossa excelência respondeu a duas perguntas com três perguntas. E três perguntas iguais, ainda por cima.

— Como?

— Exatamente, foi essa sua pergunta. Mas as minhas perguntas foram outras. Insisto. Pergunta 1: qual a unidade de medida do cheiro? Pergunta 2: qual a unidade de medida da visão?

— Perguntas difíceis, Excelência.

— Deixe-me pôr as perguntas de outra forma; de uma forma, digamos, absurda.

— Faz mais sentido.

— O quê?

— Pôr a pergunta de uma forma absurda.

— Pois bem, aqui vai. Será que vejo em... gramas ou em... litros? É esta a pergunta.

— Parece, de facto, uma pergunta bastante disparatada... mas talvez não o seja.

— Claro que não. É uma questão importante: o que é que Vossa Excelência vê? Vê formas? Funções? Cores? Vê uma garrafa ou a forma de uma garrafa ou a cor desse objeto?

— Basta de perguntas! Eu, se Vossa Excelência quer saber, vejo tudo ao mesmo tempo: forma, cor, função e etc.

— E etc.? Também vê isso?

— Sim. Vejo todas a qualidades e vejo até o etc. E, se Vossa Excelência quer saber, sou até, muito provavelmente, um dos melhores observadores de etc. do planeta.

— Muito bem, Excelência. Isso é o que se chama ter boa capacidade de observação.

— Exatamente.

— O homem que vê todos os pormenores do etc. das coisas.

— Etc., etc.

— Muito bem.

SOBRE O C, EXCELÊNCIA

1.
— Pois bem. Aqui vai uma frase do povo.
— Diga.
— "É sempre mau o caldo que muita gente tempera".
— É verdade. É verdade. Frase muito sábia.
— Há, aliás, uma história de um sujeito chamado Lewis Carroll que diz mais ou menos o mesmo: imagine sete mil homens a pintarem, ao mesmo tempo, um muro de dez metros.
— Sete mil homens... ao mesmo tempo... a pintarem... um muro de dez metros... Não vai resultar bem.
— Exatamente. Ninguém conseguirá pintar.

— Não acabarão uma pintura, começarão uma luta. O que é diferente.
— Pois é... Isto a propósito?...

2.
— Algumas palavras que me agradam. Com c.
— Com c.
— Espero que também agradem a Vossa Excelência.
— Sou todo-ouvidos. Dos pés à cabeça: ouvidos.
— Caganifrates.
— Caganifrates? Soa bem.
— É um regionalismo. Significa: pessoa ridícula. É um caganifrates.
— Este caganifrates. Aquele caganifrates... Enfim, é uma palavra interessante.
— Sim.
— Soa bem por todos os lados, digamos... Mais ou menos.
— Quer outra palavra mais ou menos bela... mais ou menos sonora?
— Avance, Excelência.
— Caga-lume.
— Como?
— Caga-lume.
— Vossa Excelência está a entrar, digamos, no campo sonoro da má educação. Pelo menos.
— Caga-lume é uma expressão popular que significa pirilampo, vaga-lume.

— Muito bem. Sonoramente, se me permite, prefiro... pirilampo.

— São gostos. Há depois a cagaita. Ainda com c.

— Excelência, isto está a piorar.

— O som pode parecer brejeiro, mas a definição é requintada.

— O som brejeiro mas a definição requintada?

— Cagaita: crosta de mucosidade tirada do nariz.

— É por isso que gosto de dicionários. Crosta de mucosidade?

— Isso mesmo, quem diria?!

— Os dicionários salvam-nos da porcaria, não é?

— Ajudam, pelo menos. Mas convém, além do dicionário, ter auxiliares técnicos, digamos assim... um lenço.

— Evidentemente.

— Há depois esta expressão: caga-na-saquinha.

— Como? Como? Como?

— Ainda com c. Caga-na-saquinha.

— Excelência, não estará a esticar a corda sonora?

— Caga-na-saquinha, não tem nada de mais. É uma expressão popular que significa "pessoa medrosa, triste". Aquele é um caga-na-saquinha. Aquele outro também. E assim sucessivamente.

— Não me parece utilizável nos salões com tetos altos.

— E apanhar uma caganeta.

— Apanhar uma caganeta?

— Sim: apanhar uma caganeta é apanhar um susto. Não é bonito?

— Mais ou menos, Excelência, mais ou menos.
— Há ainda uma curiosa palavra começada por c que é cag...
— Alto, Excelência. Alto! E o D? Passamos para o D?

UMA FORMA FÁCIL DE CHEGAR À SANTIDADE

— Se tudo no mundo fosse feio, chegávamos sempre a horas, é o que lhe digo, Excelência.

— Então?

— Só o que é belo nos faz abrandar o passo. O que é feio apressa-nos o passo. Fugimos do feio como do diabo. À mesma velocidade.

— Se tudo no mundo fosse feio chegávamos sempre a horas, eis o que disse Vossa Excelência. Nesse sentido, sim, entendo.

— Pois, mas podemos dizer algo ligeiramente diferente.

— Diga, Excelência.

— Digo. Aqui vai: quem chega sempre a horas é porque só pressente fealdade em seu redor e nas suas costas. Quem se atrasa é porque está sempre a dar atenção ao que o rodeia.

— São os chamados... distraídos.

— E isso significa que aquilo que o rodeia é belo.

— Sim?

— Sim, sem dúvida. Só se é distraído pelo que é bonito. Vossa Excelência, por exemplo, não diz: estive aqui distraído a olhar para esta coisa horrível.

— Pois não.

— E Vossa Excelência não diz: estava aqui a sofrer tanto que nem percebi o tempo a passar.

— É verdade, essa frase não se ouve muito.

— Estava aqui a sofrer de uma maneira tão agradável que nem senti o tempo.

— Sim, sim, tal seria também uma frase estranha.

— Portanto, vou tirar uma conclusão.

— Tire, Excelência, tire.

— Se o mundo tivesse mais beleza: mais edifícios bonitos, mais pessoas bonitas a passear de um lado para o outro, mais acontecimentos extraordinariamente atrativos; enfim se o mundo fosse este mas exatamente ao contrário...

— Este mas exatamente ao contrário...

— Exato... Se fosse assim, belo por todos os lados, belo em cima e em baixo, no lado esquerdo e no lado direito...

— Já percebi.

— Se fosse belo em cada metro quadrado, o tempo passava mais depressa. Nem sentíamos o tempo a passar.

— Portanto...?

— Portanto, a minha teoria é a seguinte: só existe tempo porque existem pessoas feias. Já está!

— Já está?

— Sim, Excelência. São as pessoas e as coisas feias que nos fazem sentir o tempo. Sem coisas feias não apenas os relógios não mexeriam os ponteiros, a própria Terra não se moveria. O feio é o tempo, o tempo é o feio. E assim sucessivamente. É a minha definição.

— Vossa Excelência tem a noção de que a conclusão a que chegou agora mesmo, há dois segundos, é mais ou menos oposta à conclusão que tirou, há vinte segundos, no início desta conversa? Tem a noção de que se contradiz a cada segundo?

— Tenho, claro.

— E o que me responde a isso?

— Respondo que Vossa Excelência é um mentiroso que não sabe interpretar o que ouve.

— Compreendo... Mas deixe-me que lhe diga, Excelência: o bom coração humano trata muito, muito bem o que é feio. Ajuda o que é feio, salva o que é feio, etc., etc.

— Sim?

— Sim, sem dúvida. Já viu alguém ficar santo porque tratou bem o que é belo, saudável e forte?

— Entendo.

— Se quer ser santo dê muita atenção ao que é feio, eis o meu conselho.

— Conselho escutado. Não é por acaso que estou aqui à conversa consigo.

— Compreendo perfeitamente. Como vê, eu também aqui estou.

— Em suma, nós os dois seremos santos à custa da fealdade um do outro. É justo, parece-me.

— Justíssimo, Excelência.

INSTRUÇÕES PARA O COMEÇO DE UM DIÁLOGO

— Era o que eu lhe dizia, Excelência. Ajudar o que é feio... é isso que faz de nós santos.

— Que conclusão, logo para começar.

— É assim, Excelência: gosto de começar praticamente com um ponto final.

— É uma forma de começar diferente, isso é verdade.

— Começar com um ponto final parágrafo. Eis um começo promissor.

— Sim, principalmente quando se conversa com uma pessoa chata e aborrecida e insuportável.

— É isso mesmo. Quando nos cruzamos com um chato deveremos começar a conversa com um ponto final.

— Parágrafo.
— Mas voltemos à nossa conversa.
— Ponto final.
— Brincalhão, Vossa Excelência é um brincalhão.
— Parágrafo... Mas então Vossa Excelência, portanto, quando me dirige a palavra mostra tanta consideração por mim que chega ao ponto de não iniciar um diálogo comigo com um ponto final. É isso?
— É isso. Aliás, vou começar o nosso diálogo com o oposto exato de um ponto final.
— O oposto exato de um ponto final? O que é isso?
— Uma frase.
— Muito bem, é uma bela maneira de começar... começar um diálogo por uma frase. Nunca me lembraria de tal coisa.
— Pois é, Excelência. Eu tenho boa memória, se assim se pode dizer.
— Não é novo, de facto, mas é um começo estimulante para uma conversa... Uma frase, quem diria!
— Pois.
— Há quem comece uma conversa com um soluço ou mesmo com um grunhido.
— Conheço perfeitamente. Mora perto de mim.
— E há muitas outras variações.
— Sim, claro.
— Os boxeurs, por exemplo, costumam começar os seus diálogos tentando acertar um murro na cabeça do outro, com uma certa força.
— É uma maneira ativa de começar. Eles entendem-se assim.

— Sim, não condeno de forma alguma esses inícios de conversa. Aliás, talvez fosse interessante transportar essa forma de começar uma conversa para outros meios e locais.

— Como assim?

— Por exemplo, cruzo-me com alguém na rua que vem no sentido oposto ao meu e dou-lhe subitamente, e sem razão alguma, um poderoso soco na cara.

— Um soco?!

— Sim. Um poderoso soco na cara. E depois, aproveitando o facto de ele estar temporariamente no chão e a deitar sangue, pergunto-lhe as horas.

— As horas?

— Sim, é uma maneira conservadora de começar uma conversa.

— E a partir daí?

— A partir daí começa o diálogo. E talvez uma amizade. Muitas amizades começam assim. Que lhe parece?

— Não sei se resultará.

— Entre começar uma conversa com um ponto final ou começar a conversa com um murro...

— Pois...

— Qual lhe parece o começo mais promissor, digamos assim?

— O murro, sem dúvida.

— Está a ver?

BELEZA E FEALDADE, ARGUMENTOS E CONCLUSÕES

— Bater com uma certa força numa pessoa feia, por exemplo.

— Sim?

— Não deveria ser punido moralmente. Deveria ser considerado um ato estético. Corrigir o que é feio: haverá ato mais nobre?

— O seu argumento é feio mas, de certa maneira, convenceu-me. Mas vou, se me dá licença, fugir dele. E de si.

— Excelência, espere um pouco! É o que lhe digo. O que é belo atrai, o que é belo faz de nós contempladores. Diante do que é belo puxo de uma cadeira, diante do que é feio pego num pau para enxotar.

— Que horror, Excelência. Que imagem terrível! Não devemos tratar mal o que é feio, isso não é de bom-tom, nem revela bom coração.

— Bem, já falaremos sobre isso. De qualquer forma, o que lhe quero dizer, Excelência, é isto: imagine que vou a andar e subitamente detenho-me...

— Detém-se?

— Detenho-me, sim, diante de um quadro belo. E fico ali com os dois olhos fixos, sentado, a olhar uma hora para ele, para o quadro belo... dois dias, duas semanas... duas semanas a olhar para um quadro belo. Como se fosse um tonto, entende?

— Entendo perfeitamente, Excelência. Como se fosse um tonto.

— E um tonto, peço desculpa por este parêntesis, porque apreciar o que é belo durante algum tempo é sensato... agora apreciar o que é belo durante muito tempo deixa de o ser. Parece estranho, mas é mesmo assim.

— Muito bem, Excelência.

— Mas deste exemplo concluo o seguinte.

— Conclui? Já?

— Eu gosto de dar um exemplo e de concluir logo a seguir. É uma metodologia pessoal.

— Sim?

— Sim. É bem mais habitual, diga-se, primeiro concluir-se e depois, de vez em quando, dar-se um exemplo... ou mesmo, quem sabe, apresentar argumentos.

— A sua metodologia, portanto, Excelência, nos tempos que correm é quase...

— Revolucionária?
— Revolucionária, sim. Apresentar um exemplo e logo depois a conclusão.
— De facto, para os tempos que correm, é uma metodologia cautelosa e lenta.
— Mas bem rápida, se compararmos com os tempos antigos.
— O mais habitual agora é argumentar-se através de conclusões.
— Exatamente.
— Eu concluo logo na primeira frase. O meu interlocutor conclui na sua primeira frase. E ficamos assim. Duas frases, duas conclusões. Um diálogo de eficácia absoluta.
— No fundo, utilizamos conclusões como se fossem argumentos e assim poupamos tempo uns aos outros.
— Em vez de trocarmos argumentos, trocamos conclusões. Não há tempo para mais.
— Estive ali a trocar conclusões — eis, portanto, o que deveríamos dizer. E não estive ali a trocar argumentos.
— Muito bem, em frente! Conclua, Excelência.
— Pois bem, concluo então com a conclusão abrupta, gosto delas.
— Gosta?

DAR VELHOS MUNDOS AO MUNDO E DIÁLOGO SOBRE O APROFUNDAR

1.
— "Nada se aprofunda para os lados".
— Eis uma bela expressão popular.
— Se quiseres escavar um buraco, não o deves fazer para os lados, mas sim para baixo.
— Exatamente!
— Mas será que se pode ir mais a fundo de uma coisa subindo por um escadote? Eis a questão.
— Pode aprofundar as estrelas subindo, Excelência. Pode aprofundar o que está lá em cima, levantando a cabeça.
— Se é assim, devemos reformular a expressão popular e em vez de
"Nada se aprofunda para os lados"

podemos dizer:

"Nada se aprofunda para os lados", *mas algumas coisas aprofundam-se para cima.*

— Isso.

— Para conhecer melhor o que é baixo, deves escavar.

— Para conhecer melhor o que é alto, deves subir as escadas.

— Podemos aprofundar com uma pá ou com um escadote. São dois instrumentos que aprofundam.

— Então continuemos: para conhecer melhor o que está a dois quilómetros de mim devo avançar até lá. É isso?

— Sim.

— Se é assim, então consigo aprofundar para os lados — se o que eu quero conhecer melhor está no meu lado direito ou esquerdo...

— Exatamente. Aprofundar para os lados, uma hipótese.

— Em síntese: só se aprofunda escavando um buraco quando o que queremos descobrir está exatamente debaixo dos nossos pés.

— De resto, podemos aprofundar em todas as direções: para baixo, para cima e para os lados.

— Até para os lados, Excelência, quem diria?!

2.

— Todos "temos um enorme passado à nossa frente". Só precisamos de fazer o movimento certo, a rotação inteligente que nos vira para o lado que tem mais estímulos. Eis o que me parece, Excelência.

— E como é evidente não se trata de descobrir o antigo no passado, trata-se de ir ao passado para descobrir o novo. Enfim, é isso.

— Recuemos, pois, em direção ao novo.

CRENÇA E TECNOLOGIA

— Regressemos àquele assunto, Excelência.
— Qual?
— A invenção do detector eletrónico de pássaros. Um sistema eletrónico complexo feito para detectar um pardal.
— Um pardal?
— Ou dois.
— É interessante pensar que só inventamos detectores para coisas em que acreditamos.
— Como assim?
— Acredita no pardal, Excelência?
— Acredito como?
— Acredita que ele existe?
— Sim, claro.

— E em dois pardais?

— Claro. Se acredito que existe um pardal, acredito que existem dois. E cem. A quantidade não interfere na solidez da crença, parece-me.

— A questão, Excelência, é outra. Repare que a tecnologia contemporânea não tenta construir uma máquina que, em vez de detectar pássaros e as suas migrações, detecte anjos.

— Anjos?

— Sim. Como não se acredita em anjos não se constroem máquinas para os detectar, e como não se constroem máquinas para detectar a posição dos anjos nunca se detectarão anjos e assim nunca se acreditará neles e assim nunca se construirão máquinas para os detectar porque não se acredita que eles existam e assim...

— Alto! Já entendi. É um círculo vicioso.

— Claro. Exatamente.

— Só fazemos máquinas para estudar aquilo em que acreditamos, isso é um facto.

— Ou seja, se fôssemos sensatos não deveríamos apenas progredir em termos de tecnologia, deveríamos progredir, ou mudar, também em termos de crença.

— Mudar de crenças para construir novas máquinas, eis o projeto de Vossa Excelência.

— Exato.

— Caro Século XXI: não mudes apenas de máquinas, muda de crenças. Se não o fizeres estarás sempre a descobrir a mesma coisa.

— Um pardal, dois... cem.
— Ou a descobrir mais pormenores da mesma coisa.
— Mas os anjos...?
— Sim, Excelência?
— Os anjos, no caso de existirem, migrarão como os pássaros, eis uma questão. Os anjos ocuparão espaço (x, y)? Ocuparão uma posição exata como um pássaro ou um animal pesado e terrestre?
— Excelência, por mim não imagino um avião--espião a comunicar à base militar: anjo na posição 50x, 44y. Não me parece.
— Sim, também não me parece.
— Mas deixe os anjos... não pense demasiado no que não se vê, Excelência. O visível já tem enigmas suficientes.
— Por exemplo?
— Pense no cão, o animal que nos está mais próximo. Sabe que um cão pode cheirar o tempo?
— Como assim?
— Li essa informação. Eles têm um olfacto impressionante. Parece que quando seguem um rasto, uma marca, uma pegada, conseguem saber há quanto tempo se deixou essa marca ou rasto.
— Portanto — cheiram e murmuram, na sua linguagem própria: uma semana, dois meses!
— Parece que sim.
— Cheirar o tempo. Perceber a passagem do tempo pelo olfacto, eis um pormenor que nos deveria fazer reflectir.

— Perceber a passagem do tempo pelo olfacto, não pelo calendário.

— Em suma, o visível ainda tem muitos mistérios.

— Meu caro, continuemos a investigar os mistérios do cão, mas não esqueçamos os mistérios dos anjos. Que lhe parece?

— Projeto sensato, Excelência. Um bom equilíbrio.

BAIONETAS E OUTROS ASSUNTOS

1.
— A realidade, portanto.
— Sabe o que me parece? "Quem não come por ter comido não tem doença de perigo".
— Como?

2.
— Este buraco ficou um pouco grande.
— Vou pôr lá a cabeça.
— Força, Excelência.
...
— Fiquei com a cabeça presa!
— Pois ficou.
— Consegue?

— Ok. Manual de instruções.
— Não quero ficar aqui com a cabeça presa.
— Manual de Infantaria. De 1912. Instruções. Vou saltar as primeiras páginas. De acordo?
— De acordo, Excelência. Mas rápido — estou com a cabeça presa num buraco na parede.
— Passo a ler:
"Logo que uma investida atinge o alvo, é preciso libertar a baioneta o mais depressa possível, arrancando-a do corpo adverso... Para a arrancar, puxar violentamente a arma para trás, com as duas mãos, se necessário deslocar as mãos para as levar mais à frente e ajudar com o pé posto sobre o adversário".

Como tirar a baioneta do corpo do adversário. Instruções.
— Para que me está ler isso?
— Pense que a sua cabeça é a baioneta e a parede o corpo adverso, que é uma bela expressão. Pois bem. Ponha um pé na parede e faça força. Isso! Ora aí está — vê?!
— Tirei a cabeça do buraco.
— Manual de Infantaria. De 1912. Instruções.

OS DOIS GÉNEROS HUMANOS

— Conheço um homem que mal acorda diz: não. Assim mesmo: não.
— Não?
— Está sozinho, completamente sozinho no quarto e, aos poucos, os seus olhos vão abrindo. Ele ainda não acordou e já está a dizer... não.
— Não?
— É interessante, não é? Ainda não aconteceu nada, ainda ninguém lhe pediu ou exigiu nada, ninguém fez qualquer pergunta, o mundo está calado e quieto e ele acorda e diz: não. É uma atitude forte.
— Sim, é uma atitude forte.
— Há depois um outro género humano...
— Ou seja, há dois géneros humanos.

— Dois.

— Há, então, dois géneros humanos. Um que, quando se levanta, no exato momento em que acorda, diz não. E um outro género humano que mal acorda diz: sim.

— Dois géneros humanos, Excelência.

— Dois.

SOBRE A MODA

— Levante bem as pálpebras. Pálpebras ao alto!, Excelência. A moda é algo que funciona para os olhos. Há essencialmente modas visuais. Os olhos em determinado momento gostam de ver certas cores, eis uma síntese. Neste verão: o amarelo e o amarelo-escuro, por exemplo. No inverno, outras cores.
— Não se trata, portanto, do combate ao frio ou ao calor.
— A roupa é uma máquina múltipla, pois claro.
— Por exemplo, Excelência...?
— Dois exemplos rápidos. Máquina de evitar o frio: casaco. Máquina de evitar o excessivo calor: camisa fina.

— Mas a roupa e a moda são ainda máquinas de seduzir. Uma roupa funciona quando seduz. E não funciona quando não seduz. É como uma máquina fotocopiadora. Quando não consegue tirar fotocópias está avariada. Na moda, uma roupa que não seduz não funciona. É uma roupa que está avariada.

— Deve ser levada para arranjar.

— Correto, Excelência.

— Um mecânico da moda, eis o que faz falta por vezes.

— Olhando para si, por exemplo.

— Como, como?

— E seduzir é?

— Seduzir, Excelência, é fazer com que o outro olhe uma vez e outra, e depois de ver e observar tenha ainda vontade de ver de novo. Seduzir é, portanto, criar um interesse no outro para voltar a ver; é uma espécie de promessa infinita e visual.

— Como um quadro que não cansa.

— Exatamente. Seduzir não é mostrar muito, mas também não é mostrar nada.

— Isso.

— Eu diria: é meio-mostrar, meio-não-mostrar.

— Um equilíbrio, portanto.

— Sim, e o difícil é encontrar o ponto certo. É como um cozinhado.

— Oh, Excelência.

— Vestir de uma forma sedutora implica aptidões de culinária: juntamos vários ingredientes e, no final, o sabor visual, digamos assim, tem de estar no ponto.

— Sabor visual, é isso mesmo. Que bela expressão!
— Sim, saber seduzir através da roupa é isso mesmo: encontrar o sabor visual certo.
— Nem sal a mais nem a menos. Um cozinheiro visual, portanto.
— Mais verde, mais cinzento. Aqui mais curto, ali mais longo. Na camisa, este material; na saia, outro. Os ingredientes são as cores, os tamanhos, as formas, os materiais utilizados. Enfim, muitos ingredientes... por isso é que há quem baralhe tudo. Ponha a mais de um lado e do outro.
— Humm, entendo...
— Vossa Excelência, por exemplo... a sua roupa.
— Sim?
— Vê-se que nunca cozinhou na vida.
— Obrigado, Excelência. Agradeço a simpatia.
— Vossa Excelência, digamos assim... como descrever... é como ter sal a mais e sal a menos, e muito, e ao mesmo tempo, e na mesma porção de comida. Entende?
— Entendo perfeitamente, Excelência.
— É uma proeza.
— Agradeço o elogio.
— Pois é meu caro. A roupa...
— Mas é contra isso que eu protesto, Excelência. Nas cidades, já quase ninguém se veste por causa do clima.
— Vestirmo-nos por causa das condições meteorológicas? Meu caro, era o que faltava. Somos humanos, não somos matéria com temperatura. É bem diferente.

— Humanos e não apenas matéria com temperatura. É isso mesmo. A moda existe porque os outros têm olhos. Quase sempre dois.

— Eu, por exemplo, trago este casaco. Metade: frio. A outra metade: sedução. Que lhe parece?

— Eu diria, Excelência, sobre o seu casaco, se me permite. Metade combate o frio; a outra metade as baixas temperaturas.

— Não seja injusto, Excelência, não seja injusto.

DANÇAR, CANTAR E ESTAR PARADO

— No fundo, Vossa Excelência, apesar dessa cara medonha, é um sedutor. Ou melhor: a sua cara leva as pessoas a olharem para o lado oposto. Os nossos olhos não a suportam. É uma sedução com sinal negativo. Digamos que a sua cara, o seu rosto, faz dos outros rostos, por oposição, rostos sedutores. Digamos ainda: quando eu for a uma festa quero avançar para o centro da sala com Vossa Excelência bem ao meu lado. Como quem pede alívio de uma dor profunda: todos desviarão os olhos para mim.

— Excelência, muito bem. Sobre o meu rosto podemos não estar de acordo, mas repare neste corpo com a impressionante agilidade do que é belo, se assim se pode dizer. Vou dar uma volta sobre mim próprio, apenas para exemplificar. Como se fosse um parafuso.

— Bonita imagem.

— Aqui vai *(pirueta)*. Que tal?

— A exata elegância do parafuso. Em que loja de ferramentas aprendeu esses esbeltos movimentos de ballet?

— Agradeço, Excelência.

— Deixemos o divertimento puro e passemos às questões sérias. A moda, dizia eu, em tempos, é feita para os olhos dos seres humanos.

— Ou seja, esquecemos os outros sentidos — é isso?

— Exato. Talvez a exceção seja o som. Também há sons que estão na moda e outros... não. Músicas para a época de Verão e outras para a época de Inverno.

— Há modas auditivas, portanto.

— Sim, mas uma moda visual para os ouvidos, eis o que se deveria promover.

— Como?

— Uma moda visual que nos apanhasse, por exemplo, pelos sons que o vestido longo faz quando desliza pelo chão. Eu diria que se encontrou o ponto certo na vestimenta, que se encontrou a gastronomia visual perfeita, quando até um cego pede para alguém se vestir de novo com a mesma roupa.

— Mas pensemos nos outros sentidos humanos... É que, repare: há também moda para o olfacto e para o paladar. Um desfile de pratos num casamento, por exemplo.

— Mas não há moda para o tato!

— Isso não.

— Aquilo em que gostávamos de tocar não mudou assim tanto. O tato é mais conservador, digamos.

— É isso.

— Os seres humanos há séculos e séculos que gostam de tocar nas mesmas partes do mundo. A moda do tato no século v a.c. ou no século xxi é basicamente a mesma.

— Numa síntese rápida, eu diria, Excelência, que sempre esteve e estará na moda táctil, digamos assim, tocar em coisas frias quando estamos no meio do calor intenso; e tocar em coisas quentes quando estamos a tremer de frio.

— Aquecer e arrefecer, dois instintos da pele que há muito se repetem. Não são uma moda passageira.

— Não são.

— E sabe, Excelência: agora vou cantar um pouco. Posso?

— Eu vou virar-me para outro lado. Pode cantar à vontade.

— Aqui vai. *(E canta. E depois cala-se. Silêncio.)*

— Acabou?

— Acabou. Gostou?

— Prefiro o nada.

— Excelência, que desagradável!

— Há um comentário de George Bernard Shaw que me parece apropriado nesta altura.

— Diga.

— Ele lembrava que os cisnes cantam antes de morrer. E depois acrescentava: "Certas pessoas fariam bem se morressem antes de cantar". Que a morte se antecipe à prodigiosa desafinação, eis o meu comentário... Uma pergunta: além de dançar e cantar mal, que outras coisas faz mal?

— Sei ficar parado de uma forma errada. E consigo estar parado e dessincronizado ao mesmo tempo. Não é fácil. Quer ver?

— Força.

A DÉCADA CERTA: LINGUAGEM EXATA

— Meu caro, o que é necessário é parar diante de uma frase e ficar em redor dela um bom período de tempo até a entender por completo. Não lhe parece?
— Não.
— Há uma frase que me agrada. Podemos fazer, digamos, uma pequena dança mental em redor dela?
— Não sou um bailarino, tropeço constantemente no meu pé esquerdo... Mas diga, Excelência.
— "Quem morrer pelo seu rei nunca mais o torna ver".
— Ora aí está. Mais uma verdade com a exatidão de uma conta de somar, dois mais três igual a cinco. Não precisamos de dançar em redor dessa frase, basta-nos saber contar pelos dedos. Neste caso, subtrair: um menos um é zero.

— Quer que eu lhe diga, Excelência: são frases destas que nos fazem acreditar que a linguagem ainda tem margem para progresso. Se continuarmos a aperfeiçoar as frases, daqui a muitos séculos conseguiremos uma linguagem oral e escrita tão precisa como a matemática.

— É o seu desejo?

— Sim. Uma frase que funcione como uma flecha que vai direta ao alvo, sem desvios nem paragens para jantar. Eis aquilo que é necessário introduzir na linguagem. Uma linguagem que utilize o alfabeto para o essencial e não para contar histórias.

— E o essencial é?

— Não sei o que é.

— Não?

— Não. Uma utopia, Excelência, que anda aqui comigo há muitos anos: conseguir construir uma Língua capaz de calcular tão bem como a matemática.

— Mas não vejo a utilidade disso, Excelência, perdoe-me. É que assim ficaríamos com duas matemáticas e com nenhuma Língua.

— Ora aí está! Excelente! Sem frases ambíguas, sem dois entendimentos para o mesmo discurso, sem más interpretações, sem abusos de interpretação, sem excessos, sem excessivas cautelas, enfim, seria uma linguagem estatisticamente média. Frases médias, parágrafos médios, adjetivos médios, substantivos médios, verbos médios.

— Uma linguagem incontestável... portanto não interpretável...

— No fundo, acabar com esta confusão de opiniões para aqui e para ali, interpretações, superinterpretações, subinterpretações, enfim... Vossa Excelência, por exemplo, tem alguma opinião sobre isto: 2+3=5?

— 2+3=5? Vossa Excelência está a perguntar-me se eu tenho opinião sobre 2+3=5?

— Sim. Tem alguma opinião?

— Está certo, portanto não tenho opiniões. É cinco.

— Lá está.

— Confesso: diante de 2+3=5 fico sem opiniões, eu que sou um senhor que tem opiniões sobre tudo. Diante do 2+3=5 fico calado como um parvo, como alguém que apenas contempla e não interpreta, como alguém que não tem valores, que não julga, etc. Enfim, Vossa Excelência acha mesmo que a linguagem deveria ser assim? Que deveríamos utilizar o alfabeto como utilizamos os algarismos, com a mesma precisão?

— É a minha utopia: que o alfabeto no futuro se transforme numa coisa séria. Em números, portanto.

— Meu caro, Vossa Excelência está no século certo e na década certa, parece-me. É que há já quem esteja a trabalhar nisso. Uma Língua que seja escrita em percentagens, eis a utopia que por aí avança. Vossa Excelência está bem acompanhada.

— No fundo, toda a nossa conversa começou com esta frase: "Quem morrer pelo seu rei nunca mais o torna ver".

— Isto é, colocando a questão de outra forma: se queres tornar a ver o teu rei, não morras por ele. Eis um conselho ou, vá lá, uma sugestão.

— Um bom conselho. Um conselho de amigo, digamos. Um belo e exato conselho verbal.

QUERER E NÃO QUERER, E O TIRO

1.
— Gostava muito de querer, mas não sou capaz.
— Não?
— Não. Tento querer, faço força para querer, mas no último momento... não quero.
— Não?
— Não.
— Pois, é um problema... Mas desculpe-me a pergunta.
— Sim?
— Vossa Excelência gostava de querer mas não quer... o quê?
— Esse é outro problema. Esse é um problema bem mais difícil. O meu problema não é esse. Vossa

Excelência está a avançar rápido demais. Eu sou alguém que reflete, entende? O meu problema, portanto, vem antes de qualquer problema real. Bem antes. Eu, de facto, gostava de querer, simplesmente querer, não interessa o quê, gostava de ter vontade de algo; mas nada. Entende?

— Entendo, sim senhor.

— Diante do mundo frio ou quente, encolho os ombros. Diante dos baixos e dos altos encolho os ombros, diante dos convites e dos ataques encolho os ombros. Enfim, começo a ter dores musculares.

— Onde?

— Nos ombros.

— Entendo. Mas sabe, o meu problema é diferente do problema de Vossa Excelência. Vossa Excelência, diante de um caminho que vira para a direita e um caminho que vira para esquerda... não vira para lado nenhum. É isso? Senta-se por assim dizer a meio do cruzamento. É assim?

— Mais ou menos.

— Pois comigo é o inverso: quero ir ao mesmo tempo para os dois lados; tenho duas vontades exatamente opostas exatamente ao mesmo tempo.

— Como? Como?

— Vou repetir: tenho duas vontades exatamente opostas exatamente ao mesmo tempo.

— Agora entendi. Vossa Excelência fala muito rápido.

— Mas é isso. Bem que facilitaria ter agora uma vontade e dois minutos depois a vontade oposta. Se fosse assim, apesar de tudo, resolver-se-ia. Mas isto: ter duas vontades exatamente opostas exatamente ao mesmo tempo... assim é impossível viver.

— Impossível.

— É que eu viro os meus olhos para um lado e os meus pés para o outro. Tropeço, claro, e acabo por não ir para lado nenhum. No fundo, acabo como Vossa Excelência: no meio do cruzamento, imóvel.

— Eu diria que ter duas vontades opostas ao mesmo tempo é o mesmo que não ter vontade nenhuma. Acaba sempre na imobilidade.

— É isso, Excelência.

— Portanto, como o final é o mesmo eu diria que a minha não ação é mais sensata: não faço força nem para um lado nem para outro, deixo-me estar.

— E está bem assim.

2.

— "Quem levou o tiro que conte os buracos". Que bela frase popular, não?

— Excelente, sim.

— Mas em termos concretos, é difícil... para quem levou sete tiros em cheio no corpo... contabilizar os buracos das balas.

— No cadáver... assistimos ao súbito fim da apetência para contar.

— Não é o mesmo que descobrir e contar nódoas depois de um jantar suculento. É até o inverso disso.

— Mas eis uma profissão: os homens que contam os buracos dos tiros nos corpos dos outros. Não disparam, mas não assistem ao longe. Aproximam-se, debruçam-se sobre o corpo e contam pelos dedos: um buraco, dois, três, quatro. E depois apontam no seu caderninho: quatro buracos. Quatro.

— Uma forma de contemplar o mundo como outra qualquer. Contemplar os buracos das balas nos corpos dos outros. Um pouco cínica, sim, mas possível.

— "Quem levou o tiro que conte os buracos". Que frase, Excelência!

A LISTA

— Mas sabe, Excelência. Começo a preocupar-me. Desde há umas semanas que entendo tudo. E entender tudo é uma espécie de doença mental.
— Sim?
— É que entendo tudo, mesmo tudo. Do início ao fim.
— Entender tudo é realmente excessivo. Não dá saúde, meu caro. Não sente, por exemplo, dores de cabeça?
— Onde?
— Aqui. Nesta zona.
— Não.
— Mas realmente é verdade: entender tudo é uma espécie de doença mental. Não dá saúde nenhu-

ma. Vossa Excelência deveria tratar dessa questão. Deveria, por assim dizer, perder entendimento do mundo, perder qualidades, perder...

— Por meio de?

— Pancada forte na cabeça.

— Ou...? É que talvez me entusiasmem mais outro tipo de processos, digamos assim.

— Não conheço outro método rápido para perder parte ou a totalidade do entendimento do mundo. Depois ficam os métodos lentos.

— Quais?

— Conversar muito com certas pessoas, por exemplo.

— Quem? Que pessoas? Conhece-as? Onde vivem? Preciso delas!

— Tenho aqui alguns nomes e moradas. Quer ver?

— Sim, claro.

— Conversando com algumas destas pessoas com uma certa regularidade... digamos três a quatro horas por semana... Vossa Excelência acabará no final muito mais, sejamos diretos, muito mais estúpido do que era antes. É um método mais ou menos infalível. Lento mas infalível.

— Vamos a isso. Quem são? Quem?

— Já lhe digo. Aqui está. Bem, alto!... agora, agora... reparo.

— Em quê? Em quê?

— Não vai gostar de ouvir.

— Diga, diga!

— É que tenho aqui o seu nome.

— O meu?! Não é possível! Alguém tem um nome igual ao meu, é isso?

— Não, é o nome de Vossa Excelência, letra por letra. Se calhar é uma lista desatualizada, não sei. Não fui eu que fiz esta lista, sabe?

— O meu nome está numa lista de pessoas com quem devemos falar se queremos ficar menos inteligentes, é isso?

— Se queremos ficar mais estúpidos. É a palavra que aqui se utiliza no título. Estúpidos. Pessoas Com Quem se Deve Falar Com Regularidade no Caso de se Querer Ficar a Cada Semana Mais Estúpido. É o título.

— Meu Deus! Não é possível!

— Mas não se preocupe. Há aqui nomes surpreendentes. Por exemplo, este. Veja.

— Ohhhhhhh.

— Exatamente: ohhhhh. Mas sejamos pragmáticos. Comecemos a resolver o problema. Vossa Excelência tem um espelho?

— Meu caro, o que está a insinuar?

UMA FORMA BELA DE NÃO ABRIR UMA CLAREIRA

— Sabe Vossa Excelência que eu, por vezes, acordo de manhã e digo, antes mesmo de me ver ao espelho: hoje vou abrir uma clareira! Eis o que digo para mim próprio.
— Que bonito projeto.
— Isso mesmo. Levanto-me, visto-me, entro para o carro, saio da cidade e vou até à floresta mais próxima.
— Isso é o que se chama um ser humano decidido a realizar uma tarefa!
— Exatamente.
— E então?
— Então avanço pela floresta, sozinho mas com a postura irreversível de alguém que quer abrir uma clareira.

— Que bonito!
— Porém, não levo machado.
— Pois bem, o primeiro esquecimento.
— Tento então, eu que sou portador desta voz magnífica que Vossa Excelência tem o prazer de ouvir, tento então...
— Como? não ouço nada...
— Meu caro, meu caro — como Vossa Excelência se diverte! Pois bem, contava eu então: tento abrir uma clareira na floresta apenas utilizando a minha voz.
— Método inovador.
— Primeiro, canto uma belíssima canção.
— Calculo.
— Vossa Excelência não pode calcular a beleza, a beleza não se calcula com precisão. Ou se vê ou se ouve. Vossa Excelência não chega à beleza por contas de somar e subtrair.
— Agradeço a breve lição de Vossa Excelência, mas pode continuar.
— Pois sim: cantei com a minha bela voz e o que aconteceu é que não aconteceu nada. Zero, zerinho. As árvores da floresta continuaram no mesmo sítio, paradas e quietas e até muito próximas umas das outras.
— A floresta, portanto, continuou floresta.
— Continuou.
— Uma chatice, esta coisa da floresta.
— De qualquer maneira, eu queria abrir uma clareira na floresta para dizer aos animais, de uma forma clara e ostensiva, que eu, o ser humano por excelência, que eu, enfim, como representante humano dos

humanos ali estava em pleno centro do habitat animal a dizer: quem manda aqui é a minha voz!

— Bravo e belo! Um plano digno do século passado.

— Muito obrigado... Então, já que estava sem machado para derrubar árvores, tentei o canto — não resultou. Depois, avancei para o grito. Se não tinha ido pela beleza sonora (a canção) podia ser que fosse em frente pelo horror sonoro. Pois sim, saiu-me um grito humano, terrível, um grito de ordem.

— E o que gritou Vossa Excelência?

— Gritei: ÁRVORES, AFASTEM-SE DO CENTRO DA FLORESTA!!!

— Árvores, afastem-se do centro da floresta... é um grito de ordem bem claro. E elas?

— Não se afastaram.

— Nunca gostei de árvores.

— Nem eu.

— E dos animais? Vossa Excelência gosta?

— Assim-assim.

2.
cidade

dedicado a Marco Martins

O humano nº 1, o humano nº 2, o humano nº 3.

O Número 1 disse uma vez que queria matar o pai, mas não era isso que queria dizer.
O Número 2 não para de falar.
O Número 3 ainda não disse uma palavra.
O Número 4 está entediado.
O Número 5 está a ver um filme.
O Número 6 está na internet.
O Número 7 está a comer sem ver o que está a comer.
O Número 8 está a beber uma bebida que não o vai deixar dormir.
O Número 9 está com os olhos muito abertos.
O Número 10 tem um cancro mas já disse aos pais que se vai curar.

O Número 11 está à procura de emprego, mas sabe fazer poucas coisas.

O Número 12, umas vezes, quando está sozinho no quarto, grita; outras vezes entra num jogo de computador onde se pode morrer sem problema nenhum.

O Número 13 está a aprender inglês.

O Número 14 vê mal de um olho, mas está sempre a repetir: para ver o quê, para ver o quê?

O Número 15 acaba de abrir o jornal e de exclamar: que coisa mais estúpida!

O Número 16 e O Número 17 vivem na mesma casa mas nem sempre foi assim.

O Número 18 teve um incêndio em casa mas já foi há muito tempo.

O Número 19 tem cinquenta anos.

O Número 20 tem 30.

O Número 21 tem 16.

O Número 22: sessenta.

O Número 23: vinte e sete.

O Número 24 é uma mulher.

O Número 25: um homem.

O Número 26: um homem.

O Número 27: mulher.

O Número 28: mulher.

O Número 29: mãe.

O Número 30: homem.

O Número 31: puta.

O Número 32: homem velho.

O Número 33: mulher.

O Número 34: filha.

O Número 35 está desempregado e neste momento está a bater com força na porta do quarto da mulher e não se percebe porquê.

O Número 36 deixou cair um copo e disse: merda!

O Número 37 está a pensar casar.

O Número 38 está a pensar divorciar-se.

O Número 39 está a pensar em enganar a mulher.

O Número 40 está a pensar que está a ser enganado pela mulher.

O Número 41 está a pensar que o marido o engana.

O Número 42 está a dormir com a amante.

O Número 43 partiu outra vez um copo.

O Número 44 foi ao hospital visitar o pai e quando voltou disse à mulher: mais um mês.

O Número 45 está careca, está a fazer quimioterapia, diz que está bonita mas está assustada, treme muito quando leva um copo à boca. O marido diz que ela está linda mas sabe que não é verdade.

O Número 46 diz sim.

O Número 47 diz não.

.....

O Número 1 tem dois filhos e está fora de casa e os dois filhos convidaram uns colegas da escola e agora acabaram de abrir a janela e estão a cuspir para a rua e às vezes acertam nas pessoas.

O Número 2 está outra vez a gritar, pede ao marido que não saia de casa; põe-se de joelhos.

O Número 3 tem uma admiração muito grande pelos próprios seios, é a melhor parte do seu corpo, diz; o namorado está ao lado, concorda, põe-lhe as mãos nos seios, faz força nos ombros dela para baixo, abre a braguilha.

O Número 4 faz flexões. Conta alto: 1, 2, 3, 4, 5, 6, 7, 8, 9, 10, 11.

O Número 5 põe tampões nos ouvidos antes de se deitar.

O Número 6 está a telefonar para a antiga mulher.

O Número 7 está a fumar sentado no sofá.

O Número 8 está a pesar-se.

O Número 9 está aproximar-se da janela para ver quem tocou à campainha lá de baixo.

O Número 10 a defecar.

O Número 11 a urinar.

O Número 12 a foder.

O Número 13 a falar com uma amiga.

O Número 14 está a experimentar um vestido.

O Número 15 está distraído a ler um livro com o dedo no nariz.

O Número 16 está a dar um peido.

O Número 17 está a dizer que o Tom é uma porcaria.

O Número 18 está a dizer que o Mitchell é uma porcaria.

O Número 19 está a dizer que a Miriam é uma puta.

O Número 20 está a dizer que o Douglas é paneleiro.

O Número 21 está a dizer que os vizinhos do lado são estúpidos.

O Número 22 está a dizer que engana a mulher.

O Número 23 está a dizer que foi o maior desastre de comboios dos últimos dez anos.

O Número 24 está a dizer que foi o pior desastre de avião dos últimos anos.

O Número 25 está a dizer que aquele foi o pior dia do ano.

O Número 26 está a vomitar mas já era esperado. É dos medicamentos, diz.

O Número 27 continua com um cancro e já não diz ao pai que vai ficar curado.

O Número 28 está melhor do seu cancro e já acabou com os tratamentos de quimioterapia e já tem o cabelo a crescer e foi visitar a mãe que vive longe e a mãe disse que ela estava fraca, mas O Número 28 respondeu: a mãe devia ter-me visto há seis meses, estava mais magra, mais feia, pensava que ia morrer. A mãe de O Número 28 abanou a cabeça e continuou a dizer que ela estava magra, com mau aspecto. O Número 28 repetiu: eu tive um cancro. A mãe não ouviu O Número 28 (ou já não entendeu, ou ainda não entendeu) e repete que ela precisa de comer para não emagrecer.

O Número 29 está a dizer pelo intercomunicador do prédio que não abre a porta a ninguém que não conheça.

O Número 30 foi assaltado duas vezes.

O Número 31 não foi assaltada nenhuma vez.

O Número 32 já viu um assalto no Metro e outro no comboio.

O Número 33 diz que só é assaltado quem quer, quem andar distraído e por sítios perigosos.

O Número 34 está a passear ao cão e a pensar que se calhar tudo aquilo foi um erro.

.....

O Número 34 está a pensar que fez bem em mudar de cidade.

O Número 35 detesta a cidade.

O Número 36 está a dizer para a mulher que se as coisas continuarem assim tão más, eles terão de voltar para o campo, para casa dos pais.

O Número 37 tem já o cabelo com mais de dois centímetros e todos no emprego lhe dizem que o pior já passou.

O Número 38 continua a piorar e os pais dizem que ele não vai morrer mas já ninguém acredita nisso.

O Número 39 tem uma tatuagem no ombro e ele próprio diz aos amigos que é a tatuagem mais estúpida do mundo.

O Número 40 diz sim.

O Número 41 diz não.

O Número 42 diz que não sabe, que prefere esperar.

O Número 43 entrou ontem num hospital.

O Número 44 tem uma tatuagem nas costas.

O número 45 não.

.....

O Número 46 hoje atrasou-se.

O Número 47 ainda está no elevador a pensar numa desculpa.

O Número 48 está a urinar há longos minutos, demora cada vez mais tempo e se isto piorar tem de voltar ao médico.

O Número 49 está melhor e as análises estão todas boas e o médico disse-lhe: vai morrer de tudo menos disto — mas ela não acreditou.

O Número 50 tem um buraco nas meias e ficou cheio de vergonha porque na casa do amigo que fazia anos pediram a todos os convidados para deixarem os sapatos à porta e ele não estava à espera disso e por isso antes de sair da sua casa não pensou que meias levava calçadas e agora estão todos a fazer um esforço para não olhar para ele mas ele sabe que estão a olhar para as meias ou pelo menos a pensar nas meias dele que não têm apenas um buraco daqueles normais, são todas esburacados, são meias de sem-
-abrigo e ele está a tentar lembrar-se de uma piada para dizer sobre as suas próprias meias mas não se lembra de nenhuma piada e os segundos vão passando e se ele não diz agora a piada passa o momento e nunca mais vai recuperar do ridículo por isso vai dizer qualquer coisa uma piada estúpida sobre as próprias meias, mas nesse momento há outra pessoa que fala de outro assunto e ele já não pode interrom-

per e está com tanta vergonha que pensa que nunca mais vai falar com aqueles amigos na vida e que se for preciso muda de cidade, mas claro que não, pensa depois, isso não tem importância, e se for preciso dá um peido bem alto e estraga tudo de vez.

O Número 51 está a fazer as contas do mês, tem um papel à frente e fez duas colunas, uma em que está o dinheiro que já entrou e o que ainda vai entrar até ao final do mês, e na outra coluna as despesas, ele tem uma cerveja na mesa e está a ouvir rádio e de vez em quando dá um grande arroto, murmura Estou fodido, estou fodido seis, sete vezes mas não para de sorrir e de beber cerveja, como se estivesse a gostar daquilo tudo, de vez em quando um grande arroto e de novo estou fodido estou fodido.

O Número 52 está a lembrar-se de como O Número 53 era meigo depois de fazerem amor e de como O Número 54 não é tão meigo com ela depois de fazerem amor e de como O Número 55, o primeiro namorado, não percebia nada de nada daquilo, não sabia onde pegar, onde meter a pila, onde meter a língua, onde meter os dedos, onde meter a cabeça.

O Número 53 está a masturbar-se, deitada na cama, e com a televisão ligada, o som alto para os pais não ouvirem.

.....

O Número 1 está falar mal da irmã ao telefone.
O Número 2 está a falar mal do irmão ao telefone.

O Número 3 está a falar mal dos irmãos ao telefone.

O Número 4 diz que o irmão ficou com dinheiro que era seu e que os pais lhe tinham deixado.

O Número 5 diz que o irmão é um filho da puta.

O Número 6 está sentado num bar com a irmã que acabou de se divorciar e está a dizer que os irmãos nunca se separam.

O Número 7 está bem de saúde e diz que vai durar até aos cem anos.

O Número 8 tem as costas muito dobradas.

O Número 9 caminha todo direito.

O Número 10 tem uma inflamação no olho.

O Número 11 está a coxear porque bateu com o joelho com força na esquina da mesa mas isso foi apenas há uns minutos e por isso tem a certeza de que vai estar bom quando chegar a altura de aparecerem os convidados.

O Número 12 está de perfeita saúde, fez análises ao sangue e à urina e o médico disse que ele está impecável.

O Número 13 tem 19 anos e nunca pensa na saúde.

.....

O Número 4 continua a fazer flexões no centro da sala e a contar: 1, 2, 3, 4, 5, 6, 7, 8, 9, 10, 11.

O Número 15 tem uma entorse no pescoço.

O Número 16 está a morrer.

O Número 17 não está a morrer.

O Número 18 nunca foi ao dentista, mas tem muitos dentes em mau estado.

O Número 19 tem agora 87 anos e por isso não deve durar muito mais.

O Número 20 está a morrer (outro).

O Número 21 não.

O Número 22 tem quarenta anos e desde que está divorciado não para de levar mulheres lá para casa.

O Número 23 perdeu o emprego mas diz que em menos de duas semanas encontra outro.

O Número 24 continua desempregado e ontem roubou uns talheres de prata à mãe.

O Número 25 tem 2 filhos.

O Número 26 tem 3.

O Número 27 tem cinco, é um exagero.

O Número 28 tem nove filhos, deve ser atrasado mental.

O Número 29 é uma mulher, tem 22 anos e está grávida — é o primeiro.

O Número 30 tem dois filhos mas já não vivem lá em casa.

.....

O Número 39 dorme lindamente, mais de oito horas por noite.

O Número 40, sete horas de sono.

O Número 41, seis-sete.

O Número 42 por vezes faz grandes noitadas de trabalho e dorme nessas alturas só 2 ou 3 horas, durante três ou quatro dias, mas depois volta ao normal e dorme seis, sete horas. Para ele está bem.

O Número 43 não dorme antes das seis da manhã.
O Número 44, às duas, duas e meia.
O Número 45, às onze da noite está a dormir porque trabalha muito cedo no outro lado da cidade.
O Número 46 gosta de ver televisão.
O Número 47 não gosta de ver televisão.
O Número 48 não tem televisão e diz que só os atrasados mentais é que têm televisão.
O Número 49 está a ver um jogo de futebol mas ainda não percebeu que equipas estão a jogar.
O Número 50 está a ver pornografia no computador e a mandar um sms com a mensagem "Estou quase a terminar o trabalho".
O Número 51 está a mandar um sms a dizer: "Vai-te foder".
O Número 52 está a mandar um sms a dizer: "Adoro-te, adoro-te".
O Número 53 está ansioso por receber uma mensagem, mas não chega nada.
O número 54 está distraído, a pensar noutra coisa.

.....

O Número 1 está a mandar um sms a perguntar: "Estás atrasado?".
O Número 2 está a mandar um sms com uma morada qualquer.
O Número 3 está a desenhar os pais e a mandar um sms com o nome do médico.

O Número 4 continua a fazer flexões no centro da sala e a contar: 1, 2, 3, 4, 5, 6, 7, 8, 9.

O Número 5 está mandar um sms para dezenas de pessoas a anunciar que se separou da mulher e que a partir daquele momento não é responsável por nada que ela diga ou faça.

O Número 6 está há duas horas a falar ao telefone.

O Número 7 está de novo sem cabelo, piorou e agora dizem que a coisa é mais grave. Já não lhe dizem quando é que vai ficar curado, só dizem que *Algumas pessoas conseguem resistir*, e ele não percebe bem o que significa — *Alguma pessoas conseguem resistir* — e por momentos pensa nas pessoas que resistem ao frio quando sobem à montanha e pensa que, se fosse necessário, ele era capaz de resistir ao frio, era capaz de ir quase sem roupa subir a montanha e resistir ao frio, mas que não sabe como resistir ao cancro e ri-se porque pensa que poderiam inventar um casaco que curasse o cancro, que fizesse o corpo resistir como resiste ao frio. Mas depois deixa de rir e não pensa em nada.

O Número 7, portanto, está a morrer.

O Número 8 está bem.

O Número 9 está bem.

O Número 10 ok.

O Número 11 mal.

O Número 12 mal.

O Número 13 está ok mas acabou de discutir com o namorado por ele não ter deixado gorjeta ao empregado.

O Número 14 está impecável.

.....

O Número 17 está a contar um segredo ao ouvido de uma amiga e já sabe que amanhã toda a gente vai saber.

O Número 18 está a planear uma viagem de férias, e já escreveu num papel sete ou oito capitais da Europa que está a pensar visitar nas férias mas a mulher já sabe que, no fim, acabarão por não ir a nenhum lado.

O Número 19 trata o marido como se ele fosse seu filho, mas o marido já tem quase setenta anos.

O Número 20 é uma mulher e gosta muito das suas mamas.

O Número 21 não gosta.

O Número 22 diz que a única parte do seu corpo de que gosta são os olhos.

O Número 23 diz que a única parte do seu corpo de que não gosta são os olhos.

O Número 24 diz que está a engordar.

O Número 25 diz que está a emagrecer.

O Número 26 acabou de saber que o velório é às sete e não lhe apetece ir e por isso está a pensar numa boa desculpa.

O Número 27 está pior, mas agora como está a falar com um dos filhos ao telefone está a cantar como se fosse parva.

O Número 28 morreu ontem.

O Número 29 tem oito, nove meses de vida.

O Número 30 tem um filho.
O filho do Número 31 passou no exame.
O filho do Número 32 apanhou pancada na escola e o Número 32 diz que vai comprar uma arma.
O filho do Número 33 é bom aluno.
O filho do Número 34 é mau aluno.
O filho do Número 35 já usa óculos.
O filho do Número 36 está sempre a apalpar as meninas.
O filho do Número 37 já saiu de casa e levou a arma que o pai tinha.
O Número 38 não tem arma em casa.
O Número 39 também não.
O Número 40, não.
O Número 41, sim.
O Número 42 não dorme porque o namorado ressona e ela está a ficar farta disto.
O Número 43 não dorme antes das seis da manhã.

.....

O Número 2 não gosta de pendurar nada nas paredes.
O Número 3 tem as paredes cheias de cartazes dos filmes de Stanley Kubrick.
O Número 4 pintou a parede do quarto de verde.
O Número 5, de castanho.

.....

O Número 1 diz que quer mudar de casa.
O Número 2 diz que quer mudar de emprego.
O Número 3 diz que quer mudar de cidade.
O Número 4 morreu.
O Número 5 não morreu.
O Número 6 está a assobiar.
O Número 7 está sozinho.
O Número 8 está sozinho.
O Número 9 está a chorar.
O Número 10 está a comer.
O Número 11 está a defecar.
O Número 12 tem o marido doente.
O Número 13 gosta.
O Número 14 não gosta.
O Número 15 grita.
O Número 16 caiu.
O Número 17 está a levantar uma pessoa que caiu.
O Número 18 é um filho da puta.
O Número 19 sim.
O Número 20 sim.
O Número 21 sim.
O Número 22 não, nunca.

Copyright © 2015 Gonçalo M. Tavares
Edição publicada mediante acordo com Literarische Agentur Mertin, Inh.
Nicole Witt, Frankfurt, Alemanha

Revisado segundo o Novo Acordo Ortográfico da Língua Portuguesa.
Nos casos de dupla grafia, foi mantida a original.

CONSELHO EDITORIAL
Eduardo Krause, Gustavo Faraon,
Luísa Zardo, Rodrigo Rosp e Samla Borges
PREPARAÇÃO E REVISÃO
Rodrigo Rosp
CAPA E PROJETO GRÁFICO
Luísa Zardo
FOTO DO AUTOR
Alfredo Cunha

**DADOS INTERNACIONAIS DE
CATALOGAÇÃO NA PUBLICAÇÃO (CIP)**

T231t Tavares, Gonçalo M.
O torcicologologista, Excelência / Gonçalo M.
Tavares. — Porto Alegre : Dublinense, 2017.
256 p. ; 19 cm.

ISBN: 978-85-8318-088-3

1. Literatura Portuguesa. 2. Contos
Portugueses. I. Título.

CDD 869.39

Catalogação na fonte:
Ginamara de Oliveira Lima (CRB 10/1204)

Todos os direitos desta edição
reservados à Editora Dublinense Ltda.
Porto Alegre • RS
contato@dublinense.com.br

Descubra a sua próxima
leitura em nossa loja online

dublinense .COM.BR

Composto em MINION e impresso na PALLOTTI,
em PÓLEN SOFT 80g/m² , em OUTUBRO de 2022.